世紀末の長い黄昏

H・G・ウェルズ試論

Hiroshi So

宗洋

春風社

世紀末の長い黄昏——H・G・ウェルズ試論

目次

はじめに

ものを見るという行為には何か抵抗し難い魅力が宿っている。古今東西、後ろを振り向くあるいは覗き込む行為の禁を犯すといった物語は枚挙に暇《いとま》がない。遠近法によって世界を表象するようになった近代においては、見ることは知ることであり、世界を把握する手段として視覚の領分は大幅に広がりを見せることになる。望遠鏡や顕微鏡の発明は、それまで未知だった世界を人々の眼前に提示した。美術館や博物館は為政者の富と力を見せつける装置としてだけでなく、世界を分類整理し視覚的に理解するための場所としての役割を果たし、流行のパノラマ館は行ったこともない遠い異国の地や歴史上の場面を都市の民衆に仮想のかたちで視覚的に提供した。

一九世紀には見ることの魅力はますますさまざまな領域に浸透していく。一八五一年にはロンドンで世界最初の万国博覧会が開催され、世界中から集められたものに魅了された観客の延べ入場者数は六〇〇万人を超えた。その翌年には世界最初のデパートであるボン・マルシェがパリに開店し、ショーウィンドウ、入場無料、壮麗な展示を売りにして、視覚という点から買い物の在り方を根本的に変えた。複製可能となった写真は世界中から光景を集め、そのイメージを広めたが、それは五感で感じるのではなく視覚のみで認識する世界を提供した。フェナキスティスコープやゾーイトロープといった前映画的娯楽の道具が一九世紀前半に考案され、同じ世紀の終わりには娯楽装置としての映画が誕生した。世界認識にとって枢要な地位を占めるにいたった視覚は、当然のことながら文学作品のリアリティにも影響を及ぼすようになる。観相学を駆使して事件を解決する、別の言い方をすれば視覚偏重の論理により現実を再構成するシャーロック・ホームズという名探偵が登場したのは一八八七年のことだった。

本書は、見る行為の領分が大いに拡大したこうした近代の時代状況を念頭に置いて、H・G・ウェルズ（一八六六―一九四六年）の初期の作品を〈観察〉という視点から緩やかに結びつけて論じようと試みるものである。ここで〈観察〉という言葉を選んだ理由のひとつは、ウェルズが「ダーウィンのブルドッグ」の異名で知られた生物学者T・H・ハクスリーから進化論を学んでいるということもあるが、より重要なのは世紀転換期のウェルズの読者がどのような教育を受けた人々なのかを考えたときに、この言葉を用いるのが適切だと思えるからだ。

ウェルズの読者はそれまでにないほど科学技術教育の重要性が声高に叫ばれた時代に育っ

た。例えば一八三八年に創設された王立科学技術学院は、一八八二年から下層中産階級と労働者階級の男女に科学技術教育を施し始めている。科学師範学校《ノーマル・スクール・オブ・サイエンス》を前身とするロイヤル・カレッジ・オブ・サイエンスの開学（一八九〇年）や科学技術教育委員会の設立（一八九三年）も科学技術教育という新しい教育の幕開けを告げるものである。一八世紀から一九世紀半ばまで大流行した博物学は人々に観察の重要性を教えたが、一九世紀末の科学技術教育は制度のなかで観察の重要性を教育したといえるかもしれない。

ウェルズが作品を上梓した時代の読者とは、一八七〇年の初等教育法の恩恵を受けたうえ、このような新しい教育を受けた人々であり、彼らの語彙や発想はそれ以前の人々と比べると変化していただろうし、彼らにとってのリアルやリアリズムもまた多少なりとも変質していたはずである。本書ではこうした状況に置かれた観察者としての読者がどのようにウェルズの作品を受け止めた可能性があるのか、あるいは作品が観察者としての読者に要求していると思われることについて考察していく。

序章　変貌する社会のなかで

批評史の時間旅行

一九世紀後半のイギリス社会は徐々に社会的な変容を経験し、社会の安定のためにキリスト教の宗教教育が最重要のものであった時代は過去のものとなりつつあった。労働問題、スラム化、環境問題といった新しい問題に直面したときに、それまでの中産階級の価値観を形成していた福音主義的な教えでは対処が困難となり、それとは別の新しい社会的基盤となるものが必要になった。その打開策は学校を建てることだった。初等教育法（一八七〇年）により、イングランドとウェールズの五歳から一三歳のすべての子どもに対する小学校義務教育が制度化される。それまでの時代であれば学校教育を受けずに大人になった階級の人々が小学校に通い始め、読み書きを教わり簡単な理科系の勉強もするようになった。一八九〇年代には軽い読み物を売りにする新しい新聞や雑誌が無数に登場し始めたのは、こうした人々が大人になり新しい読書階層が誕生したことを意味している。H・G・ウェルズの科学ロマンスはまさにその時代の初等教育法の恩恵を受けた読者に相応しいものだったために、広範囲の読者を獲得したといえよう。

しかしながら残念なことに、ウェルズに関する学術的研究の蓄績は、ヴィクトリア朝の社会小説家やモダニズム小説家のそれと比較すると遥かに少ない。クリストファー・プリーストはウェルズの一般的な評価に言及してこう述べている。

もしウェルズが今も生きているとすれば、世人《せじん》は彼をSF小説家と呼び、大型ハドロン衝突型加速器やハリウッドの最新のハイ・コンセプト映画に対する印象的なコメントを求めて電話することだろう。彼らは、「本物」の小説家の作品は中産階級の苦悩を扱うものだといまだに信じているのである。[1]

そもそもなぜウェルズが「本物」ではない小説家としてこうした扱いを受けることになったのかといえば、ヴィクトリア朝小説に代わる次の時代の規範としてモダニズム小説をそこに据えた文学史研究者たちが、ウェルズを常に脇に追いやってきたからともいえる。英語圏において、後世に名を残しながらも文学史的な分類整理の範疇から漏れるウェルズは、見方を変えれば、ユニークな存在だったといえようが、不遇の歴史を大風呂敷を広げてまとめるならば、初期の『タイム・マシーン』（一八九五年）や『宇宙戦争』（一八九八年）といった作品がいわゆるSFという広い意味での大衆小説のジャンルに属していたことや、後の作品が世界情勢とそれに基づく文明論に傾倒し始めたことのために、〈高尚〉な文学研究の対象として見られなかったということになる。ただしウェルズが、文学史のなかで無視され続けている傾向にあるアメリカのジャンルSF作家のようだったと言いたいわけではまったくない。アメリカのジャンルSF作家は主流文学史から完全に隔離されており、あくまでサブ・ジャンルのなかに存在し続けたのに対し、ウェルズは主流文学史のなかに位置づけられるのは確かではあるが、周縁に位置づけられ続けたということである。

二〇世紀初頭に書かれたウェルズの社会小説は評論で取り上げられることもあったが、それでも芸術表現としての評価は長らく芳《かんば》しいものではなかった。ヴァージニア・ウルフが、アーノルド・ベネット、ウェルズ、ジョン・ゴールズワージーを一括りにして、魂に関心のない「物質主義者」と批判したことは比較的知られている。[2] 一九五〇年代に書かれた文学評論『イギリス小説序説』（第一巻一九五一年、第二巻一九五三年）のなかでアーノルド・ケトルはウルフの発言に検討を加え、『トーノ・バンゲイ』が偉大な芸術作品になれなかった理由を内的な統一性の欠如と登場人物の性格造形の失敗にあると論じている。[3]

こうした逆風のなか、四〇代半ばに差し掛かろうとする作家アントニー・ウェスト（ウェルズと作家レベッカ・ウェストの間に生まれた息子）が一九五七年に『エンカウンター』誌に「H・G・ウェルズ」という短い評論を寄稿した。そこでウェストは初期の科学ロマンスを参照しつつ、晩年のウェルズ作品に見られるペシミスティックな特徴の顕在化について論じた。ウェストの見解では、ウェルズは元来ペシミスティックな性格だったのであり、後期の作品が初期の科学ロマンスを自己否定しているものではないという。一九六〇年代に入ると、バーナード・バーゴンジーの『初期のH・G・ウェルズ』（一九六一年）がウェストのペシミスト論を引き継ぎつつ、一九〇一年までのウェルズの作品の意義を科学主義ではなく、世紀末（*Fin de Siècle*）の雰囲気のなかに置いて検証し、ウェルズ再評価の兆しをもたらす。バーゴンジーは、うんざりするようなブルジョワ社会に対する反発としての世紀末の雰囲気を分析し、一見相容れないように見える唯美主義とウェルズの作品に共通する要素を見出して、ウェルズの初期の小説を世紀末という独特の場に位置づける。バーゴンジーがウェルズの作品を科学ロマンスという視点から読むのを拒んだことは、現在からすれば極端な態度にも映るが、彼が『初期のH・G・ウェルズ』を出版したその時代、疑似科学にしか関心のない薄っぺらな娯楽作家としてウェルズがみなされていたことを考えると、科学という文脈をあえて軽視したからこそウェルズの再評価に繋がったともいえる。その後、デイヴィッド・ロッジやパトリック・パリンダーによって、研究対象となる作品は一九一〇年辺りにまで延長され、ノーマン&ジーン・マッケンジーの伝記『時の旅人――H・G・ウェルズの生涯』（一九七三年・改訂版一九八七年）による詳細な情報提供もあり、再び科学との関連、とりわけT・H・ハクスリーの思想がどのようにウェルズの美意識に影響しているかについて論じられることが多くなった。[4]

九〇年代には研究のテーマは大幅に広がりを見せたが、多くのウェルズ研究者にとっては居心地の良いものではなかったように思える。新歴史主義批評やダニエル・J・ケヴルズの『優生学の名のもとに』（一九八五年）が文学作品に宿る社会ダーウィン主義の痕跡を明らかにするなかでウェルズは再度注目され、ジョン・ケアリやマイケル・コーレンらがウェルズの科学文明論『アンティシペイションズ』（一九〇一年）に書き連ねられている優生思想と差別主義を批判した。これ以後のウェルズ研究はこの問題についてどう答えるべきかを求められるようになった。

こうした批判に対してマイケル・フットは『ウェルズ氏の経歴』（一九九五年）のなかで、ウェルズを人種差別主義者と考える批評家たちは『アンティシペイションズ』を誤って解釈していると糾弾したうえで、同種のテーマを小説として物語化した『モダン・ユートピア』（一九〇四年）に注目すれば、ウェルズの関心が人口統計にあったことがわかるという主旨の反論をした。

近年書かれた伝記『H・G・ウェルズ――別種の人生』のなかでマイケル・シャーボーンは、ウェルズが自らの間違いを公に認めることはなかったものの、『アンティシペイションズ』の出版から二年のうちに消極的優生学に反対の論を張るようになったと説明している。その証拠にウェルズは一九〇四年にロンドン・スクール・オブ・エコノミクスで開かれた社会学会の討論の場で、「ビショップの息子は結婚する相手として適しているが、犯罪者の出産は禁じられるべきだ」と主張するフランシス・ゴールトンの提言を嘲笑したという[5]。

しかしこの件に関しては判断が難しい。確かにその主張は控えめになったとはいえ、『モダン・ユートピア』のなかでも「ユートピアでは奇形や病気をもって生まれたすべての新生児を間引くことになる」と記述されており、同じ一九〇四年にウェルズは次のような文章も書いているからである[6]。

自然のやり方は、常に最後尾の逃げ遅れた者たちを滅ぼしてきた。最後尾になるだろう者たちが生まれるのを我々が予防しない限り、別のやり方は依然として存在しない。人類改良の可能性は、成功者を選別して生殖させることにあるのではなく、できそこないの者たちを断種することにある[7]。

これはゴールトンが『アメリカ社会学会報』で発表した優生学に関する声明文のなかにウェルズの署名入りで組み込まれている文章であり、この事実を踏まえるとウェルズがいつから優生学や差別主義と縁を切ったのかは明確にはわからなくなる。ケアリは、ウェルズの未来小説『解放された世界』(一九一四年)における原子爆弾投下後の新世界はインドと中国の人口を著しく減少させ、「『アンティシペイションズ』のなかでウェルズがその存在に悩んだ『黒人、褐色人、薄汚い白人、黄色人の群れ』の問題を和らげる」ものだとも指摘している。[8]こうした文章や指摘に照らしてウェルズの作品を再読すると、ウェルズの作品における目を背けてはならない暗黒面が見えてくるのは確かであるが、それが作品の価値のすべてを規定しているわけではないこともまた事実だろう。

それまでの文学研究がおもに作家論的あるいは作品論的だったのに対し、九〇年代の研究は作品を社会的な文脈においた際に、作品の別の顔がどのようなかたちで浮上してくるのか、そしてそれが言説の流通においてどのような磁場にあるのかについて考えることを教えてくれた。もちろん、それは現代という優位な視点から過去の作品をイデオロギーの地図上に割り振って悦に入ることを意味するのではない。私たちはそのような行為も、視線を作品に埋没させることも、すなわちこうした両極の見方のみを信奉する態度を拒否しなくてはならない。付言すると、理論上矛盾するという理由で、作家論、作品論、実証主義的な研究、新歴史主義批評のような言説研究のそれぞれの豊かな成果のいずれかを切り捨てることはもったいないことだとも感じる。相互の理論上相容れない点はあるにせよ、理論教条主義に陥ることなく、解釈の実践としてさまざまな研究方法の実りある融合があってもよいだろう。

H・G・ウェルズと下層中産階級にとっての社会

ウェルズは一八六六年に下層中産階級の家の末っ子（姉一人と兄二人）として生まれた。父ジョウゼフは何をするにしても長続きはしない気まぐれな性格で宗教を信じていなかった。ウェルズの飽きっぽい性格と無神論の原型はこの父親譲りともいえる。一方、母サラは厳格な福音主義の宗教観を信条としていた。ジョウゼフとサラの間に生まれた最初の子どもは女子だったが、ファニーあるいはポッシーと呼ばれて可愛がられたその娘は一八六四年に盲腸で三日間苦しんだ後、八歳という幼さであっけなく亡くなってしまった。そのためサラは末っ子のウェルズをファニーの代わりとして可愛がった。夫妻は親戚から譲り受けた陶磁器店を営んでいたが、二人には陶磁器を売る商才などなく、もっぱらジョウゼフのクリケット選手としての収入やクリケット道具の販売によって糊口《ここう》を凌いでいた。ところがウェルズが七歳になったときに、ジョウゼフが梯子から足を滑らせて骨折してしまい彼の選手生命は絶たれてしまう。この出来事によって、貧しいながらもなんとかやってきた一家の安定した暮らしは激しく揺さぶられることになる。サラは従兄の伝手《つて》を頼ってある服地商に一四歳のウェルズを年季奉公に出すことにした。母サラにとって息子への教育とは安定した服地商に就かせるための手段でしかなかったが、ウェルズにとって教育を受けることは、未来の見えない下層中産階級から脱出するための唯一の手段を意味した。しかし年季奉公に出されることにより、それを母から奪われることになってしまった。ウェルズが七歳のときに、一家が暮らしていたブロムリーに二つ目の鉄道の駅が建設されたことによって、その土地が村からロンドンの郊外の町へと変わってしまったことを踏まえると、ウェルズは、この時期に自らを取り囲んでいた安定した世界が家庭と社会の両方において変貌していくのを目の当たりにしたといえるだろう。

しかし自分の将来に悲観し自暴自棄となったウェルズは、素行の悪さにより、ひと月も経たないうちに、奉公先から暇を出されてしまう。それから見習いの職をいくつか転々とした後、ウェルズは一八八四年にまたとない幸運を手にする。いったんは母から奪われてしまった教育の機会であったが、勤勉努力により奨学生としてサウス・ケンジントンの科学師範学校《ノーマル・スクール・オブ・サイエンス》に入学する資格を得たのである。そこはあらゆる階層の人々に自然科学を体系的に教授することを目的として設立された新しい学校だった。ウェルズは科学師範学校の初年時に学校長で進化論者のT・H・ハクスリーの講義を受講し、そこで生物学と動物学を学んだ。ウェルズとハクスリーの関係はこのクラスに限定されたものでしかなかったが、ハクスリーの思想と厭世《えんせい》観は生涯ウェルズの作品に通底するものとなった。ハクスリーの厭世観は進化論とは別の意味でもウェルズの関心を引いたとも考えられる。というのもウェルズは三〇代に入るまで常に病弱で、血を吐き死の淵を彷徨《さまよ》ったことも数度あり、自らの死の影を意識せざるをえない青年時代を過ごしてきたからである。ウェルズのなかで、ハクスリーが語る人類の逃れられない絶滅と自らの差し迫った死の運命のイメージが重なったのかもしれない。しかしながらウェルズが作品中の暗黒の未来にも幾ばくかの希望を描いているところは興味深い。人類が究極的な救いを得ることはないと考えているにせよ、ウェルズがその運命に抵抗する力を物語のなかに描き込んでいる姿勢は、夭逝《ようせい》を意識しつつもそれでも作品を書き続けようとする意志の表れととらえることができる。作品中に埋め込まれている希望の欠片を見ると、ウェルズは心のどこかで下層中産階級のウェルズ自身にとっての救済者としての科学、進化論の無慈悲な世界観、母から教え込まれた福音主義的な救済を調和させようとしていたようにも思える。ウェルズにとってそれが追い続けるべき「どこか他の世界」であり続け、『タイム・マシーン』のような科学ロマンスであれ『トーノ・バンゲイ』のような写実的な社会小説であれ、初期から晩年にいたるまで、ウェルズの作品はほとんどがその変奏曲だったともいえる。[9]

ロードマップ

ウェルズは非常に多作な作家であるが、本書で俎上《そじょう》に載せるのはおもに『タイム・マシーン』(一八九五年)、『モロー博士の島』(一八九六年)、『透明人間』(一八九七年)、『宇宙戦争』(一八九八年)といった初期の科学ロマンス、従来の批評ではほとんど議論されてこなかった『偶然の車輪』(一八九六年)というサイクリング小説、ウェルズが執筆した社会小説としては高い評価を得ている『トーノ・バンゲイ』(一九〇九年)の六作品である。

第一章ではおよそ八〇万年後の未来への時間旅行を描いた『タイム・マシーン』を取り上げる。タイム・トラベラーによる未来人の描写にはある特徴的な空白が見られる。この空白性が『タイム・マシーン』という小説全体とどのように関わっているのかを考え、加えてその延長として写真家エアドウィアード・マイブリッジの連続写真と進化論に共通する視覚的な枠組みを『タイム・マシーン』のなかに読み取っていく。

第二章では『モロー博士の島』において〈見る／見られる〉の関係がどのように転倒されていくのかを見世物文化の文脈から検討する。その際に、作品中で言及されるメデューズ号事件という歴史上実際に起きた海難事故が果たす役割を、自己と他者の境界線の崩壊と絡めて論じていく。

第三章で扱う『透明人間』のプロットは、不可視の身体を得た主人公グリフィンがもとの体に戻るための実験を邪魔されたために逆上して凶行に及ぶという不思議なものである。この捻《ひね》くれたプロットとしばしば『透明人間』の欠点とされてきた物語後半のドタバタ感には何か関係があるようにも思える。この点を考慮しつつ、ここでは読者と作中人物が透明人間から受ける印象の違いの意味を考察していく。

第四章の『偶然の車輪』はこれまでほとんど取り上げられてこなかった作品である。後に社会小説の世界に方向転換するとはいえ、一般的にはジュール・ヴェルヌ（一八二八―一九〇五年）とともにSFの父として認知されているウェルズが、『タイム・マシーン』や『宇宙戦争』といった作品を上梓したのとさほど変わらない時期に『偶然の車輪』というロマンティックなサイクリング小説を書いていたことに驚きを覚える人も多いだろう。[10] 第四章では作品中で多用される仮定法に注目しながら、ウェルズが科学ロマンスに専念していた時期にこのような牧歌的なサイクリング小説を執筆したことの意味を階級と身体という視点から考えてみる。

第五章で論じる『宇宙戦争』の語り手である「私」は、他の章で扱った作品の主人公と比べたときに、物語を展開させるような積極的な行動を起こさない。ここではこうした語り手にとって、見ることとはどういうことなのかを考察する。

第六章ではインチキ強壮剤の物語『トーノ・バンゲイ』を扱う。語り手ジョージはさまざまな挿話のごった煮の様相を呈する『トーノ・バンゲイ』という自伝的物語を小説だと言ったり、別のところでは小説の規範とは相容れないと言い漏らしたりと、たびたび主張を変える一方で、この小説には一貫したパノラマ的な視点が特に認められる。ここではこのパノラマ的視点の確保が担う役割を考えることで、この物語のなかに表出するある種の距離感について論じる。

注

［1］Christoper Priest "Foreword," *H. G. Wells: Another Kind of Life*. By Michael Sherborne. (London: Peter Owen, 2012),

11.

[2] Virginia Woolf, "Modern Fiction," *The Common Reader* First Series (London: Hogarth, 1968), 185.〔ヴァージニア・ウルフ「現代小説」『世界批評体系5——小説の冒険』大沢実訳、篠田一士、川村二郎、菅野昭正、清水徹、丸谷才一編集、筑摩書房、一九七四年〕

[3] Arnold Kettle, *An Introduction to the English Novel*, vol. 2 (London: Hutchinson, 1978), 82, 84.〔アーノルド・ケトル『イギリス小説序説』小池滋、山本和平、伊藤欣二、井出弘之訳、研究社、一九七八年〕

[4] Anthony West, "H. G. Wells," *Encounter: Literature, Arts, Politics* 8 (1957): 52-59. Bernard Bergonzi, *The Early H. G. Wells: A Study of the Scientific Romances* (Toronto: University of Toronto Press, 1961); David Lodge, *Language of Fiction: Essays in Criticism and Verbal Analysis of the English Novel* (London: Routledge, 2002)〔デイヴィッド・ロッジ『フィクションの言語——イギリス小説の言語分析批評』笹江修、西谷拓哉、野谷啓二、米本弘一訳、松柏社、一九九九年〕; David Lodge, *The Novelist at the Crossroads and Other Essays on Fiction and Criticism* (Ithaca: Cornell University Press, 1971); Patrick Parrinder, *H. G. Wells* (Edinburgh: Oliver and Boyd, 1970); Norman & Jeanne MacKenzie, *The Time Traveller: The Life of H. G. Wells* (London: Hogarth, 1987)〔ノーマン&ジーン・マッケンジー『時の旅人——H・G・ウェルズの生涯』村松仙太郎訳、早川書房、一九七八年〕

[5] Daniel J. Kevles, *In the Name of Eugenics: Genetics and the Uses of Human Heredity* (Cambridge: Harvard University Press, 1995), 92, 94;〔ダニエル・J・ケヴルズ『優生学の名のもとに——「人類改良」の悪夢の百年』西俣総平訳、朝日新聞社、一九九三年〕; John Carey, *The Intellectuals and the Masses: Pride and Prejudice among the Literary Intelligentsia, 1880-1939* (London: Faber and Faber, 1992), 118-34.〔ジョン・ケアリ『知識人と大衆——文人インテリゲンチャにおける高慢と偏見一八八〇—一九三九年』東郷秀光訳、大月書店、二〇〇〇年〕; Michael Coren, *The Invisible Man: The Life and Liberties of H. G. Wells* (London: Bloomsbury, 1994), 63-69; Michael Foot, *The History of Mr. Wells* (Washington, D. C.: Counterpoint, 1995), 51-53, 61; Michael

Sherborne, *H. G. Wells: Another Kind of Life* (London: Peter Owen, 2012) 152, 155.

［6］H. G. Wells, *A Modern Utopia*, ed. Gregory Claeys and Patrick Parrinder (London: Penguin, 2006), 100.

［7］Francis Galton, "Its Definition, Scope, and Aims," *American Journal of Sociology*, vol.10, no.1 (Jul., 1904): 11.

［8］Carey, *The Intellectuals and the Masses*, 133.

［9］ウェルズの伝記のなかでもMacKenzie, *The Time Traveller: The Life of H. G. Wells*の記述は最も詳細であるため、マッケンジー夫妻による伝記を中心にしてウェルズの人生を紹介することにした。近年出版された伝記にはMichael Sherborne, *H. G. Wells: Another Kind of Life*がある。またDavid Lodge, *A Man of Parts: A Novel* (New York: Penguin, 2011)〔デイヴィッド・ロッジ『絶倫の人――小説H・G・ウェルズ』高儀進訳、白水社、二〇一三年〕はウェルズの女性遍歴に焦点を当てた伝記小説である。ロッジはウェルズをはじめとする登場人物の会話をごく一部を除いてすべて現存する書簡から引用しており、物語の都合上ロッジが創作した箇所もきちんと示されている。一〇〇人を超える女と枕を重ねたとされるウェルズのそちらの方面に関心がある方にもない方にもお薦めの一冊である。

［10］ウェルズとヴェルヌの違いは、近い将来、そのテーマが科学技術的に実現可能かどうかにある。このことに関して、ウェルズの七つの作品を集めて編纂された作品集にウェルズ自身が寄せた序の言葉を紹介しておく。「これらの物語はジュール・ヴェルヌの作品と比較されてきたし、かつて文芸記者たちは私のことを英国のジュール・ヴェルヌと呼ぼうとする傾向にあった。実のところ、この偉大なフランス人の先見の明のある創案とこれらの幻想的作品にはまったく類似点はない。彼の作品はほとんどの場合、発明と発見に関する実際の可能性について取り上げており、彼はいくつか卓越した予想をしたのである。彼が掻き立てた関心とは実際的な関心だった。彼はあれやこれやが実現可能であること、そして当時としてはどれが実現不可能なのかを書き、考え、語ったのである。読者がその実現を想像し、どのような楽しみ、興奮、災いが続いて起こるのか気づくのに、ヴェルヌは一役《ひとやく》買ったのである。彼の創案のほと

んどは「実現」している。しかしここに収録した私の物語は実現可能なことについて取り上げようとはしていない。それらはまったく異なる領域における想像力の鍛錬なのであり、アプレイウスの『黄金の驢馬』、ルキアノスの『本当の話』、『ペーター・シュレミールの不思議な物語』、『フランケンシュタイン』をはじめとする文学作品の類に属しているのである。」H. G. Wells, *Famous Seven Novels by H. G. Wells* (New York: Garden City, n.d.), xvii.

第一章　黄昏のグランド・ツアー――『タイム・マシーン』

タイム・マシーンはさまざまな文学作品、映画、漫画、アニメーションのなかに繰り返し登場する。タイム・マシーンを使って過去や未来に行くという設定を通して、主人公と読者（視聴者）は別の世界を想像する行為を共有することになる。主人公にとってまったく異なる世界が広がっている場合もあれば、微妙な相違点しか見られない場合もある。あるいは一見すると何も違いがないように見える場合もあるだろう。ただし風刺的な内容であれ単なるドタバタ劇であれ、物語が展開するうちに、その相違点が徐々に暴き出されていくことが多い。

ウェルズの『タイム・マシーン』では、およそ八〇万年後のロンドンは気候が温暖でイーロイという繊細で優美な人々が住む世界として最初は提示されるが、しかし小説の途中で牧歌的雰囲気は一変し、その世界は実際には地下に住む醜いモーロックという闇の眷属《けんぞく》が支配し、地上のイーロイは彼らの家畜なのではないかという物語展開が採用されている。主人公のタイム・トラベラー（以後、トラベラーと略す）は、いったいなぜこのような未来が待ち構えているのかをいろいろと推理し彼なりの結論に達するが、それが証明されることはない。読者はトラベラーの推理に付き合わされるのだが、最終的な判断は読者に委ねられるかたちとなっており、読者には物語の細かい描写を自分なりに想像する楽しみだけでなく、この小説の八〇万年後の世界の仕組みの起源を想像する楽しみも与えられている。

ヴィクトリア朝も全盛期を過ぎたと感じていた人々が、彼らの時代と『タイム・マシーン』が描いた未来の関係性をぼんやりとした不安とともにどう位置づけたかはそれほど想像に難くない。こうした不安については、階級、資本主義、社会ダーウィン主義といった視点からこれまでも考察がなされてきた。未来世界はヴィクトリア朝時代のロンドンにおける階級の分離の行く末を想起させ、労働者階級が暴力的な混乱状態へ転落することと、支配階級が空想、退廃、神経症といった現実から隔絶した世界の住人と化すことの予見とも考えられている。[1] ここでは『タイム・マシーン』の中心的議論になっている階級問題と社会ダーウィン主義について再考するが、小説のタイトルにもなっているタイム・マシーンという装置について考えていくことから始めよう。

映画的装置としてのタイム・マシーン

タイム・マシーンという時間旅行の装置の仕組みを簡単に確認しておけば、操縦者がシートに座り機械を稼働させると、操縦者は空間的に移動することなく座ったまま異なる時間へ移動するというものである。こうした装置的な特徴については比較的早い時期から研究がなされている。それはタイム・マシーンと発明家ロバート・ポール発案のタイム・マシーン的な娯楽装置の同時代性を論じたテリー・ラムジーの論をもって嚆矢《こうし》とする。ラムジーによれば、これらに共通する特徴とは、今という瞬間から我々を解き放ち、現在の傍《かたわ》らに過去と未来を等しく保持することを可能にさせる点だという。[2]こうした視点を踏まえ、アン・フリードバーグは消費社会が生み出す視覚の特性、すなわち仮想の移動性がどのように主体の構築に影響するのかを巧みに論じた『ウィンドウ・ショッピング――映画とポストモダン』のなかで、『タイム・マシーン』の読み直しの可能性を示している。フリードバーグは「移動性をもった仮想の視線」をキーワードに据え、シートに固定された状態で周囲の変化を観察できるタイム・マシーンと映画的装置の類似性に着目し、タイム・マシーンと映画と旅行の三者関係を論じている。[3]『タイム・マシーン』の出版とリュミエール兄弟の映画の発明はともに一八九五年のことであり、これは確かに考えるべき偶然でもあるだろう。

前映画的な娯楽のうち具体的にどの装置が直接の影響を与えたかは不明にせよ、一九世紀の最も有名な娯楽のひとつであるジオラマは、シートに座った観客が光の効果と時間の推移の演出を加えられた場面を楽しむというものであり、なるほど『タイム・マシーン』の時間旅行の場面を思い起こさせる。ウェルズは光学に関係する不可視を主題にした『透明人間』(一八九七年)

や「新加速剤」（一九〇一年）という視覚に関するドタバタ劇調の小説を相次いで発表していることからも、前映画的な光学装置への関心がウェルズのなかにあり、それがタイム・マシーンの仕組みに生かされていることは間違いないだろう。たとえウェルズ本人がタイム・マシーンの着想は何に依拠したのか覚えていないと述べているにせよ。[4]

文学的装置としてのタイム・マシーン

ウェルズ自身がタイム・マシーンの発想をどこから得たのかという起源については明らかではないが、この装置が文学的にどのような役割を果たしているのかを考えてみよう。トラベラーによるディストピアの未来への時間移動は瞬時になされるのではなく、トラベルという言葉にあるように時間をかけて移動するかたちでおこなわれる。時間移動の間、トラベラーはシートに座ったまま不動なのだが、この装置の提供する現象はヴィクトリア朝の現実から夢のような別の現実世界へ足を踏み入れるための時間的・空間的トンネルの役割を担っている。時間的・空間的トンネルを異世界への入り口として描いている文学作品は多々あり、それは森や穴といった人を飲み込むような暗い空間のかたちをとる場合もある。『タイム・マシーン』では異世界への入り口はトラベラーを飲み込む灰色の世界として描かれていることからも、これを文学的伝統のなかに位置づけることも可能なのではないだろうか。

暗い穴が異世界に通ずる物語のうち、最も広く読まれているものは『不思議の国のアリス』(一八六五年)だろう。土手に座って暇をもてあましていたアリスが目の前を駆けていった奇妙な白ウサギを追って、ウサギ穴に飛び込む場面を知らない者はまずいない。「ウサギ穴はしばらくの間トンネルのようにまっすぐ続いていました」とあり、さらにはアリスが下を見ても「暗すぎて何も見えませんでした」とある。[5] 長く暗いトンネルとしてのウサギ穴はアリスの日常空間を一度閉じる働きをしているとともに、アリスが小説中の日常空間にはもはや簡単に戻ることができないだろうことを読者に暗に知らせる役割も担っている。そしてこのウサギ穴は空間的に地球の裏側に通ずるのではないかというぐらいに長く続いており、いつまでたっても穴の最下部に到達しないことは、すでに空間的・時間的変異が生じ始めていることを意味するだけでなく、それは読者にとってはアリスとともに冒険することになる不思議の国についての予備的な訓練の場となっている。

『タイム・マシーン』ではトラベラーの周囲の世界が早回しになり、徐々にその速度が増していき、天体も季節も夢のように溶け込み、最終的には世界が灰色に包まれることにより、トラベラーの日常空間が閉じられる。前映画的娯楽の多くのアトラクションは環境全体で観客を包み込み、いったん日常を切断することをヴァーチャル・リアリティの提供の前提としたわけだが、ファンタジー文学においては白ウサギの穴の役割こそがそれに当たり、『タイム・マシーン』はその両方を受け継いだものとなっているといってよいだろう。そして何か違うことが始まるのではないかという期待感を煽るために『不思議の国のアリス』と同様に長い時間が費やされ、その移動の間に主人公があれやこれやと想像し、読者はそれに付き合わされる間、主体的に異世界を思い描く時間が与えられることになる。

この異世界への長いトンネルはトラベラーに未来のさまざまな期待と不安を抱かせる時間を与えるとともに、家政婦がロケットのように通り過ぎていったり、カタツムリが猛スピードで移動したりと滑稽な描写を読者に提供する場となっている。読者はそうした説明を楽しんだ後に、トラベラーとともに一見穏やかな未来に到達する。しかしその未来がディストピアだと判明し、トラベラーは命からがら脱出に成功するも、人類が死滅した未来へとさらに進む羽目になる。トラベラーはこうした苦難を乗り越え、友人らの待つヴィクトリア朝の時代へなんとか無事に戻るわけだが、その際に、出発のときに目にした家政婦の視覚的滑稽化の場面に今度は逆回転で遭遇する。時間的な操作を施した同じ場面に遭遇したトラベラーと読者は、出発時の期待と不安感とはまったく異なる心理、再び安全な世界へ戻ってくることができたという安堵の思いを感じるはずであり、出発の時には付与されていなかった別の意味がこの同じ場面に新たに付されることになる。

『不思議の国のアリス』と『タイム・マシーン』の異世界への入り方には共通点が見受けられたが、現実世界への帰還の仕方についていえば、両者はまったく異なっている。『不思議の国のアリス』ではハートの女王に首をはねられそうになったアリスが「あなたたちはただのトランプじゃないの!」と言うと、女王と兵隊は突然ただのトランプに様変わりして空中に舞い上がって降り注ぎ、アリスは夢から目覚めるというものである。[6] 異世界からの帰還を単純な夢オチで突然終わらせる方法は現代ではあまり用いられない。宮崎駿監督の『千と千尋の神隠し』(二〇〇一年)では異世界への侵入はやはりトンネルを潜《くぐ》るところから始まり、同じトンネルを反対側から通り抜けることで現実の世界へ戻って終わる。千尋が、異世界への入口の前に鎮座したサルかダルマのような顔をした奇妙な石像に不気味さを感じるときに、観客はそこが異世界へのトンネルであることを認識する。現実世界への帰還の際には、トンネルの向こう側の石像が目印となり、千尋と観客を待ち受けている。トンネルを抜けた千尋は石像のもとに出ても、行きに見せた反応を示すことはない。ただじっとトンネルの奥にあったはずの別世界を見つめ続ける。千尋にとっても観客にとっても行きと帰りで石像の意味は変化している。行きには不可解な顔が彫られてあったものが、帰りの場面では同じ形をした顔のないただの石となっているからである。『千と千尋の神隠し』ではこの石像が不気味な神隠しを予示させるとともに、帰還の際には意味を一転させ、観客に安堵を与えるものとしてそこに組み込まれている。

未来人の描写

トラベラーが八〇万年後の未来への時間旅行によって最初に出会う人類はイーロイという優美で温厚な人々である。彼らは華奢で小さく、争いを好まないように見えたため、不安と恐れが解消したトラベラーは、彼らに話しかけることにする。するとすぐに、イーロイはとても頭が弱く事態を飲み込めていないことをトラベラーは直感する。物語が進むうちに、トラベラーは未来世界にはモーロックという別の支配者がいて、イーロイは彼らに飼育されているだけの家畜に過ぎないのではないかと考え始める。この結論に達するまでに、トラベラーは未来人の衣食住、植生、建築物の様式や地下世界の存在などについて推論を交え、事細かい描写をおこなう。イーロイは見た目が現代人に近いために実際よりも人間的に理解されている一方、モーロックはその見た目のおぞましさから実際よりも人間らしく理解されていないのは確かであるが、イーロイとモーロックを見るトラベラーの視線に共通するものを見出すこともできる。[7] 始めにイーロイについて見てみよう。

小さな人が六人ついてきた。そのとき不意に、全員が同じ形の服、同じスベスベした顔、同じ少女っぽいふっくらした手足をしているのがわかった。奇妙に思うかもしれないが、今になって初めてそのことに気がついた。あらゆることがとても奇妙だったため、今になって、その事実をはっきりと見て取ったのだ。服装だけでなく、現代では性別を区別している肌理《きめ》や物腰が未来の人々では皆一様なのだ。そして子どもたちは、両親のミニチュアにしか見えなかった。そのとき私が思ったのは、子どもたちは少なくとも身体的にはたいへん早熟であるということだった。後になって私の考えの証拠となるものをたくさん見つけることができた。[8]

次にモーロックの描写を挙げてみる。

新しい見解は以下のとおりである。この第二の種族が地下に住んでいることは明らかだった。彼らが地上にめったに現れないのは長らく続いている地下生活の習慣によるものだと私が考えるようになったのは、とりわけ三つの証拠からだった。第一に概ね暗闇に生息している動物——例えばケンタッキーの洞窟に生息している白い魚——に共通する白く色褪せた姿をしていること。次に、光を反射するための彼らの大きな目は、夜行性の動物に共通する特徴であること——梟《ふくろう》や猫を見るといい。最後に、日光の下でのあの明らかな混乱、慌てて手探りで不格好に暗がりに飛び込む姿、明るいところにいる間の特徴的な俯《うつむ》いた姿勢——これらすべてが網膜の過敏さを示しているという仮説を裏付けた。〔9〕

こうした詳細な記述が未来人の本質に迫っていく一方、それはある欠如を抱え続けることになる。その欠如は読者に未来世界のディストピア性を提示するうえで効果的に働く。その欠如とは、民族のなかに当然存在している個別性、民族的な特徴のなかにある個体差、すなわち差異の要素である。それぞれの集団のなかにあるはずの差異の要素さえ記述不可能なまでに同質化した、顔のない集団として、読者は未来人をとらえざるを得なくなる。

こうした画一化された身体表象は、ヴィクトリア朝の人々が多かれ少なかれ影響を被った当時の顔に関する言説を共有していたとも考えられ、しばしばさまざまな文学作品のなかに直接的に顔を覗かせる。英文学史上で最も有名な怪奇小説『ドラキュラ』（一八九七年）ではヒロインのミナがドラキュラ伯爵のことを「伯爵は犯罪者であり、犯罪者の類型なんです。ノルダウやロンブローゾなら、彼をそう分類するはずです。犯罪者としての彼は、不完全に形作られた人です」と語り、ジョウゼフ・コンラッドの社会小説『密偵』（一九〇七年）では、アナーキストのオシポンは惚れた女の顔面に夫殺しの狂気を見出し戦慄する。[10]

アレクサンデル・オシポン、アナーキストでありドクターの異名をとる、医学的（それもいかがわしい）パンフレットの著者、労働者の団体を相手に衛生学の社会的側面を論じる夜学の講師は、因習的道徳の足かせからは自由だった——しかし彼は科学の規則には従った。彼は科学的であり、科学的にその女、退化した者の姉であり彼女自身が退化している女——殺人者の類型である女を見つめた。彼女を見つめ、イタリアの田舎者が自らをお気に入りの聖人に推薦するかのように、ロンブローゾに呼びかけた。彼は科学的に見つめた。彼は彼女の頬、鼻、耳、目を見つめた。……ひどい！……致命的だ！　彼の熱心で注意深い視線に晒《さら》されているヴァーロック夫人の青ざめた唇は締まりがなく、いささか緩んでい

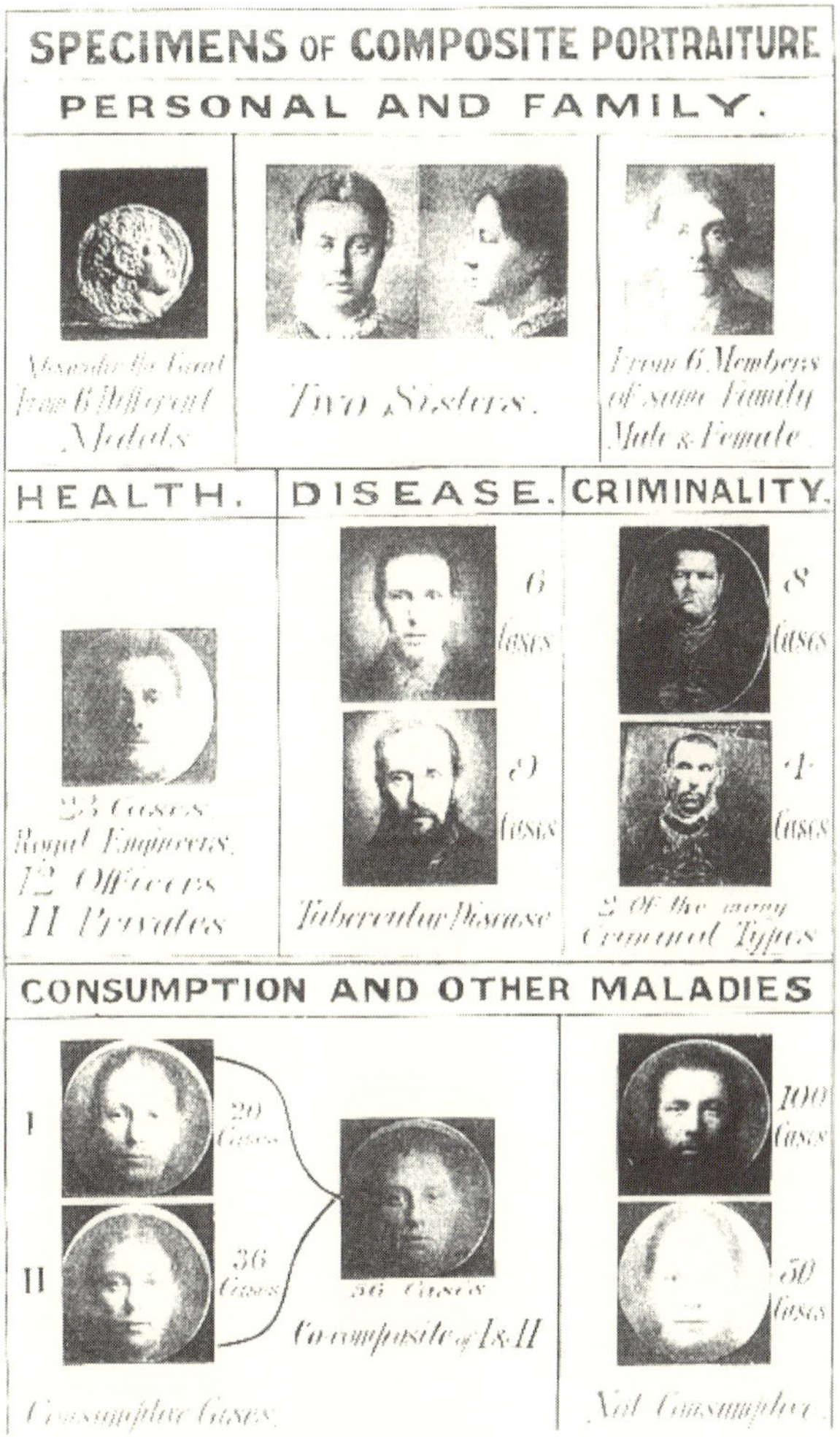

図1　フランシス・ゴールトン＆F・A・マホメッド「肺結核患者の顔に関する研究」から

た。その女の歯も見つめた……間違いない……殺人者の類型だ。[11]

ここで言及されているロンブローゾとは一九世紀に実在したイタリアの科学者のことである。チェザーレ・ロンブローゾは犯罪人類学の創始者で、現在ではその理論の科学的根拠は失われて久しいものの、当時は科学的に正しい理論だと考えられていたため、彼は強い影響力をもっていた。[12] 優生学者フランシス・ゴールトンにも同様の考えが見られ、彼は写真を合成して健康な者、病弱な者、犯罪者などの顔の典型を提示している。[13]（図1）こうした顔の有り様とイーロイやモーロックの類型化は地続きの発想にあり、未来人はその意味においてドラキュラやヴァーロック夫人と同時代の眷属でもあるといえよう。

匿名性について

『タイム・マシーン』の物語の中心は未来世界を語るトラベラーの言葉によって組み立てられているが、この小説全体を統御する語り手は「私」であり、トラベラーの語りは物語の内部の物語として存在している。そしてリッチモンドのトラベラーの邸宅から始まるこの物語の最後もやはり「私」によって締め括られる。しかし語り手の「私」がいったい何者なのかについては説明されない。「私」が誰なのかはおそらく意図的に隠されているとも推測される。というのもこの小説は名前に関して意識的な態度をとっているからである。『タイム・マシーン』の冒頭は「タイム・トラベラー（彼をそう呼ぶのがよいだろう）は難解な問題を私たちに解説していた」と始まっており、匿名性を重視した物語であることが最初に読者に知らされる。[14] トラベラーの匿名性を担保するのと連動しているかのように、時間旅行の物語の外枠を語る「私」も匿名となっている。

小説の冒頭から数章の間、リッチモンドのトラベラー邸宅という狭く限定的な舞台設定に対して、そこに出入りする人々は「私」を含め、心理学者、フィルビー、若い男、市長、医者、新聞編集者のブランク、ジャーナリスト、顎鬚の内気な男といった具合に数多い。一見多様な人物を登場させているようにも見えるが、彼らの人物造形や読者に提供される情報量は控えめである。いや、むしろ偏っているといったほうがよいかもしれない。フィルビーがどういう人物なのかは不明であるし、職業が紹介されている人物には名前が与えられていないことが多い。ジャーナリストと顎鬚の内気な男たちは「私」の語りのなかではずっと「ジャーナリストは〜」といった調子で語られ、彼らの名前はなかなか明らかにされない。彼らの名は後に示されるが、その直後から彼らについての言及は小説中から消えてしまう。名前に言及するのをわざと引き伸ばし、その名を提示したときには物語中で彼らが何かの役割を果たす場は失われている。新聞編集者のブランクに関していえば、ブランク（Blank）という語は名詞としては「空白」や「白紙」を意味する。登場人物の詳細な紹介を基本とするヴィクトリア朝小説の規範に反し、トラベラー宅に集まった人々は人物設定として何らかの欠如を抱えており、この物語はヴィクトリア朝の読者が小説を読むうえで期待する登場人物のアイデンティティの保証を裏切るところから始まる。

とはいえ冒頭のトラベラーの邸宅での会話までしかこの小説を読み進めていない読者は、違和感を覚えつつも登場人物たちのアイデンティティにおける欠如にどれだけ意識的になることができるだろうか。おそらく「タイム・トラベラー（彼をそう呼ぶのがよいだろう）は難解な問題を私たちに解説していた」という出だしを読んだ人の多くは、これを空想小説の世界観に神秘性を与えるための語りとしてとらえるのではないだろうか。小説の出だしの一文目の記述であることを考えると、読者に対してこの小説を読む心構えを提示しているものといえるし、読者を不思議な世界に誘う効果も果たしているわけだから、そうした読み方はごく標準的なものといえよう。ということは、ここで論じてきた登場人物たちのアイデンティティの空白部は今まさにそこを読み進めている読者にとってはとりわけ意識されるような空白部ではないのだろう。この冒頭の空白が空白として意識されるのは、未来世界のイーロイやモーロックの空白的な人物造形を受け、再び冒頭の記述を読み返したときなのかもしれない。そのとき初めて空白が空白として顕在化し、小説のなかで人物造形の希薄さが未来世界の予兆にもなっており、読者が安心して戻ってきたヴィクトリア朝の世界にすでに不穏な影が差していることに気がつく可能性が浮かび上がる。

空白を埋める

ここまで『タイム・マシーン』の未来人の個性の空白性がヴィクトリア朝の現在とどのように繋がりをもっているのかを物語の内容と構造の両面から考えてきた。ここからは未来人イーロイの少女ウィーナに注目してこの問題を引き続き考えることにする。トラベラーとウィーナの出会いは突然のものである。小川で遊んでいた数人のイーロイのうちの一人が痙攣《けいれん》を起こし溺れかけてしまい、トラベラーがそれを救う。トラベラーにより救出された少女がウィーナで、この出来事以降、二人の仲は親密なものとなる。ウィーナは常にトラベラーに寄り添って描かれ、ディストピアの未来のなかで唯一の救いを与えてくれる存在となる。エピローグの直前の第一二章では、ウィーナがポケットに入れてくれた白い花を譲ってほしいという友人からの申し出に対し、トラベラーは「それは駄目だ」と答えていることからも、ウィーナの存在がトラベラーの心のなかに生き続けていることが窺い知れる。[15]この章は、未来から帰還したトラベラーが再び時間旅行によって失踪し、三年の月日が経つもののいまだ彼は姿を消したままだという「私」の語りで終わり、エピローグでもトラベラーの帰りを待つ「私」による語りが続く。最後の「私」の語りはこう締め括られる。

しかし私にとって未来はいまだ闇であり空白――広大無辺の未知のものであり、彼の話の記憶によってたまたまいくつかの場所が照らし出されているに過ぎない。私は慰めのために二輪の奇妙な白い花を手元に置いている。それは――今はもう萎びて茶色くなり、くずれかけてしまっているが――知性と体力が消え失せても感謝の念と思いやりが人の心に生き続けていることの証なのである。[16]

冒頭では登場人物たちの空白性を象徴するかのようなブランクという人物の訪問があったが、

最後の語りでは「私にとって未来はいまだ闇であり空白《ブランク》」というように、形容詞としてブランクという単語が用いられている。すでに述べたように、冒頭の空白が空白として意識されるのは、この小説を再度読み返したときである。読者は『タイム・マシーン』を最後まで読み通し、「私にとって未来はいまだ闇であり空白《ブランク》」という語りを受けて再び冒頭から読み返したとき、物語の不穏な影を準備する冒頭の空白＝ブランクの繋がりを意識することになる。未来は「空白」だがそこへと続いていく現在が「空白」を埋めていくように、読者も「空白」に意味を与えることが求められているのかもしれない。そしてその要請そのものが物語の再読というある種の時間旅行を通してなされているといってもよいだろう。

ウィーナの顔

ジョン・ハモンドの『序説H・G・ウェルズ』のなかに次のような段落がある。

ウィーナはイーロイというか弱い人種の一員である。イーロイを描写するのに「か細い」、「美しい」、「優美な」、「華奢な」、「ドレスデン陶器」、「可愛い」といった表現が使われている。重要なことは、これらの表現は『タイム・マシーン』が単行本化された一八九五年にウェルズの妻となったキャサリンの特徴を述べる際に用いられた表現そのものということである。[17]

これが段落の全体なのだが、何が気になるかといえば、この段落の冒頭は「ウィーナはイーロイという虚弱な人種の一員である」という文章で始まっているにもかかわらず、続く内容はウィーナの話ではなく、イーロイとウェルズの二番目の妻エイミー・キャサリンの話に移っていることである。別の言い方をすると、この段落全体の目的はイーロイのモデルがエイミー・キャサリンだと示すことにあるわけだから、冒頭の一文は必要ないようにも思える。ではなぜこうした書き方になっているのだろうか。この段落以降を読んでみると、ハモンドはウェルズ家の子どもたちに英語、フランス語、ドイツ語を教えた家庭教師マチルダ・マイヤーの証言を紹介しながら、エイミー・キャサリンとウィーナを比較している。マイヤーによれば、エイミー・キャサリンは「小柄で可愛らしいレディでドレスデン陶器のように繊細、服は茶色で質素、装飾品の類は身につけていない。彼女の髪は豊かで美しく、深い感情のこもった魅力的な茶色い目をしていて、声は穏やかでとても素敵」な女性だった。[18] エイミー・キャサリンが献身的で、『タイム・マシーン』を執筆している間ずっとウェルズの傍にいたということが示され、次のように続く。

(実際のキャサリン――ウェルズが好んだ呼び名だと「ジェーン」――は怠惰なウィーナとは対照的に、分別があり機知に富んでいた。ウィーナは、ウェルズと知り合った二〇歳の頃のキャサリンの特徴のほんのいくつかを具現化していると言いたいだけである。キャサリンは恥ずかしがり屋で、控えめで、小柄で、か弱く、本当にウェルズに献身的だったからである。[19])

この流れからわかることは、エイミー・キャサリンがイーロイのモデルという話から、いつの間にかウィーナのモデルだということに話がずれていっていることである。しかしこのずれは無意識のうちにそうなったのではなく、意図的に採用されたものだと思える。というのも「ウィーナはイーロイという虚弱な人種の一員である」という段落冒頭の浮いた一文は、その段落のなかでは行き場を失っているにもかかわらず、この流れを作り出すための役割を最初から担っていると考えられるからである。そしてここにはある種のジレンマを垣間見ることができる。それはウィーナを特別の存在として説明しようとするとき、イーロイ族とエイミー・キャサリンの類似点の列挙が必要となってくる点である。しかしこのことによって、ウィーナの特徴のなさがかえって強調されることにもなってしまう。トラベラーが救ったのが、ウィーナではなく別のイーロイだったとしてもやはりトラベラーの傍を離れなくなったのではないだろうか。積極的にウィーナが一人の女性として立ち現れているようにはどうしても思えない。ウィーナは物語上の役割と表象に落差を抱え込んだ存在だといえる。

トラベラーの孤独感を癒し、彼のなかに恋愛に似た感情まで芽生えさせる少女ウィーナ、物語の最後には彼女から贈られた花の意味が確認される重要な登場人物であるはずのウィーナは前景化されつつも、結局彼女に固有の身体、固有の顔が描かれることなく、没個性的な存在である。小説中には彼女の声の痕跡すらも存在しない。彼女のアイデンティティを保証するはずのウィーナ（Weena）という名は、離乳したばかりの幼獣を意味するweanerという語の響きを宿してもいる。[20] イーロイの民族的特徴を「これらの可愛い小さな人々には信頼を呼び起こさせる何かがあった——それは優美な穏やかさと子どものような気取らなさだった」や「そして子どもたちは、両親のミニチュアにしか見えなかった」と語るトラベラーの言葉そのものがウィーナを民族的に回収してしまう恐れを含んでいる。[21] 別の言い方をすれば、ウィーナのことを語れば語るほど、個としての彼女自身から離れ、そこには総体としてのイーロイが立ち現れるともいえよう。ウィーナからもらった花を前にしたエピローグでの「知性と体力が消え失せても感謝の念と思いやりが人の心に生き続けていることの証なのである」という語りでも、「人の心」というように力点は個別性に置かれていないことに気づかされる。[22] 人称代名詞の「私」という特徴のない人物を語り手に据えた『タイム・マシーン』は、「タイム・トラベラー（彼をそう呼ぶのがよいだろう）は難解な問題を私たちに解説していた」という匿名性を設定するところから始まり、最後は動物と対比される「人」（man）という語を配し、徹頭徹尾個別の統一的なアイデンティティがテクストに表出することを避けているように思えてしかたがない。

地下世界探検

温暖な環境の未来世界の支配者はイーロイであり、彼らは悠々自適に暮らしているというトラベラーの見解は、瞬く間に再考を促されることになる。それは、ある暑い朝に廃墟の木陰で休んでいたトラベラーが、白いキツネザルのような生物（後にモーロックと判明）が彼の脇をすり抜け、井戸へと消えるのを目撃したことに端を発する。晴れやかな朝の光のなかにポッカリと空いた暗闇は、未来世界の何らかの暗黒面を予感させる。その穴に光を当てることなしには未来世界を理解し得ないことを認めたトラベラーは、危険を承知のうえで井戸の底へ下りていく。

歴史を振り返れば、地下は住居や隠れ家にもなる一方で、鉱山に代表されるように気を許すことのできない危険性を伴う空間だった。命の危険と隣り合わせで地下を開発することにより生活を豊かにしてきた人類の歴史において、一九世紀は特別な意味をもつ世紀でもある。一八六三年にはパディントン駅からファリントン駅間を結ぶメトロポリタン鉄道が開通し、世界初の地下鉄の運行が始まった。二万人近い人々が命を落としたコレラの大流行を受け、一八七五年にはロンドンに下水道が完備されることになった。後にイギリスと大陸を結ぶ国際列車ユーロスターが開通する英仏海峡トンネルの掘削が始まるのも一九世紀後半のことである。一九世紀はまさにインフラ面における地下開発で画期を迎えた時代なのである。[23]

同時代に地下は文学的想像力の源泉ともなる。一八六四年にジュール・ヴェルヌの『地底旅行』が出版され、同じ年にチャールズ・ラトウィッジ・ドッドソン（ルイス・キャロル）が『不思議の国のアリス』の原型となる『地下の国のアリス』をアリス・リデルに贈っている。出版に際して「地下の国」は「不思議の国」に変更されるものの、さまざまな挿話を加えた地下冒

図2　ルイス・キャロル『不思議の国のアリス』から

図3　ルイス・キャロル『地下の国のアリス』から

険の舞台は『不思議の国のアリス』に引き継がれる。時間に遅れることを気にする白ウサギや環境に翻弄されながらも現代に帰還するアリスの設定は、進化論の文脈を踏まえている。コーカスレースの場面の挿絵（図2）を見ると、絶滅したはずのドードー鳥のお喋りが続く間、物語中でアリスと一切の関わりをもつことのないサルが、挿絵の右後方で奇妙な存在感を示している。『地下の国のアリス』では、涙の池から岸に上がろうとする場面の挿絵（図3）のなかで鳥類に紛れてサルが描かれている。こちらはドッドソン自身が描いた挿絵であるが、『不思議の国のアリス』の挿絵と同様に、このサルが物語に関わることはない。ダーウィン以降、特別な意味をもつことになるサルの挿絵を組み込むことにより、地下を舞台とするアリス物語は進化論と切り離すことができない世界を強調するものとなっている。[24]

アリス物語ではヴィクトリア朝の現在である地上に対し、地下は時間と空間が異様に変化した世界である。地下のそれぞれの挿話には地上では考えることのできない特殊な論理が備わっており、それぞれの住人たちはその論理を真理として動いている。アリスはこの特殊な論理を覆すことができず、最後に「あなたたちはただのトランプじゃないの！」という苦し紛れの言葉の一撃によって地上に戻る。アリス物語は、別の真理――地下の論理――が存在しているのではないかという可能性を言葉遊びに託して物語化しているともいえる。（加えていえば、アリス物語では言葉の過剰性ゆえに他者との意思疎通が困難なものになっているのに対し、『タイム・マシーン』では他者であるイーロイやモーロックから知的なレベルでの言葉が抜け落ちてしまったがゆえに意思疎通が困難なものとなっている。）

他者との遭遇を描いた『不思議の国のアリス』と『タイム・マシーン』はともに時間と空間をめぐる物語であり、アリス物語と同じ暑い日に白ウサギの代わりに白いサルを追って地下に潜ったトラベラーは、隠されていた別の世界を知ることになる。『タイム・マシーン』は地下の発掘により進化の真実が明らかになると考えるダーウィン進化論の物語であり、それはアリス物語の延長線上にあると位置づけられる。

唐突であること

未来世界の廃墟である青磁宮殿（サウス・ケンジントン博物館）を探検している最中に、トラベラーはふと「打ち明けるなら、もっぱらそのときに考えていたことは『フィロソフィカル・トランスアクションズ』とそこに掲載された僕自身の物理光学に関する一七編の論文のことだった」と回想する。[25] 博物館という人類の文明の象徴そのものが廃墟と化しているわけだから、トラベラー自身の文明との関わりが物思いにふけるかたちで回想されるというようにこの場面をまとめてみると、一見何も問題はないかのように思える。しかしなぜか腑に落ちないその大きな理由は、この物思いがたった一文で終わっていることにあるように思える。この一文が段落の末尾に配されていることも関係しているかもしれない。読者はこの文章を目にした直後に、何かの心理的な物語の始まりを期待してはならないことをすぐに理解する。というのは、次段落の最初の「次に」(Then)という語とともに、トラベラーの意識は別の事柄に向けられるからである。こうしたことがこの回想を唐突だと感じさせる理由なのだろう。

この唐突さは、読者に対する喚起を促しているようにも見える。その喚起はわずか一文であるがゆえに逆に埋もれることなく、異質なものとして注意を呼び起こしている。トラベラーが思いを馳せる『フィロソフィカル・トランスアクションズ』とは一六六〇年設立の自然科学学会ロイヤル・ソサエティが出版する学術誌であり、そうした最も権威のある学術誌に彼の物理光学の論文がなんと一七編も掲載されているということを、その一文は読者に注意喚起している。この注意喚起は『タイム・マシーン』の第一章のトラベラーと客人の会話の意味を補足してもくれる。その場面ではトラベラーが来客にタイム・マシーンの装置を披露したときに、医者は「大真面目なのか？　それともトリックなのか？——去年のクリスマスに君が見せてくれた幽霊のような」と述べている。[26] 後にウェルズは『恋愛とルイシャム氏』(一九〇〇年)のなかで交霊会に対する批判を物語の中心的な出来事と絡めて展開するが、ここではタイム・マシーンが去年のクリスマスの幽霊と同じようなトリックなのかどうかが問題とされている。一九世紀における幽霊を現出させる視覚的なトリックといえば、まずファンタスマゴリアに代表される幻灯機が挙げられる。すなわちタイム・マシーンという装置があるとしたら、それは実際のところは光学装置の類なのではないかと問われているということにもなる。しかし医者の問いかけにトラベラーはここでは答えず、タイム・マシーンの装置の神秘性を維持し続けることを選択する。読者も医者と同様にこの質問に対する回答を待つが、トラベラーにうまくはぐらかされ、問題は宙づりにされたまま時間旅行の場面へと物語は続き、読者は時間旅行の過程を体験することになる。未来の廃墟における不意のあの一節は、医者の問いかけへの待ちに待った、しかし非常に遠回しな答えでもある。ただし読者と違って医者はトラベラーの素性を知っているわけだから、それは医者に対する回答ではなく、読者に対する回答となっており、ここに来て時間旅行の装置に対し、一九世紀の光学実験を想起するように読者に促しているとも考えられる。

運動の観察

批評家たちがタイム・マシーンを前映画的な装置に由来すると考える理由は、その装置が一度周囲の世界を閉ざし、視覚的に別の世界へ誘うという点にある。トラベラーが光学の専門家であるという設定を考慮すると、時間旅行の描写——シートに座ったまま不動のトラベラーの周囲にいつもとは異なる現実が像として展開されたり、灰色の光に包まれたりする描写——は網膜残像を利用した娯楽的な光学装置の視覚効果を応用しているとするのは正しいだろう。ではトラベラーは彼が見たものを「私」にどう伝えているのだろうか。トラベラーが時間旅行の過程で目撃した家政婦ワチェットの動作をここで詳しく見ておこう。

ミセス・ワチェットが部屋に入ってきて、庭側の出入り口へ歩いて行ったのだが、どうやら私のことは見えない様子だった。彼女が横切っていくのに数分程度だったと推測するが、私にとってはロケットのようにすっ飛んでいったように見えた。[27]

話したと思うが、出発してまだ速度がそれほど出ていないときに、私にはミセス・ワチェットが部屋を横切ってロケットのように飛んでいったように見えた。帰還時に彼女が研究室を横切っていく瞬間に再び出くわした。しかし今回、彼女のあらゆる動作は以前とは正反対のものだった。庭に通じるドアが開き、彼女が後ろ向きに研究室を静かにするするとこちら側に進んできて、以前現れたドアの向こうに消えた。その少し前に、私は一瞬ヒリヤーを見たように思う。しかし彼は閃光のように通り過ぎていった。[28]

トラベラーは行きと帰りで同一時刻の同じ場に遭遇している。ともに家政婦ワチェットがものすごい速さで行動し、さらに帰りの場面では動きは逆回転になっている。二一世紀に生きる現代の私たちが、ＤＶＤ等で映像を早送りしたり巻き戻したりするときの映像をトラベラーは見ていることになる。私たちがリモコンを片手におこなうそうした行為は、お目当てのシーンやショットにたどり着くために必要なだけであり、多くの人はこの時間の無駄をできれば省きたいと考えている。しかし『タイム・マシーン』における最初の時間旅行では、移動中の出来事の観察も時間旅行の重要な表象の要素として前景化されて語られる。私たちはＤＶＤの早送りや巻き戻しの際に画面を漫然と眺めていることも多く、流れていく映像をじっくり観察しているとはいい難い。それに対してトラベラーは驚異の念をもって像を観察する。高速で移動するものの正体をトラベラーがはっきりと認識していることは、彼が目の前の出来事に目を凝らしていることの証左である。トラベラーがその凝視から得た事実を訪問者に語った先の引用を通して、私たちもまた何がどのように起こったのかを明確に認識する。しかしながらその明確さこそ、一度立ち止まってみなくてはならない点でもある。私たちが明確に知覚したつもりでも、ここで語られる対象は私たちの知覚をすり抜けていっていると思えるからだ。これらの描写では運動に過剰なエネルギーが表出しており、家政婦ワチェットの動作そのものは「すっ飛んでいった」という動詞のみでは適切に表現され得ない。ここでは動作そのものとは関係ない「ロケットのように」という直喩の使用により、トラベラーと読者の知覚の共有が保たれている。「閃光のように」という直喩を用いて描写されるヒリヤーの動作についても同じことがいえる。過剰な速度であるがゆえに、動作を示す文体は細部へとは引き伸ばされず、簡潔に概略だけしか示されないが、その概略を支えているのは動作そのものとはまったく無関係の比喩表現である。比喩は描写を支え私たちの理解を促進させると同時に、ワチェットやヒリヤーの運動それ自体を喪失させてしまうという性質をもっている。

この喪失は二重の喪失でもある。ＤＶＤを早送りしたり巻き戻したりしているときに、私たちはお気に入りの俳優の所作や演技を楽しむことができるだろうか。たとえ同じ軌道を通過する運動であっても、回転速度や回転方向を変えるとまったく違ったものになってしまうことを考えると、ワチェットをかたちづくっている動作、すなわち個人の動きのなかにあるはずのワチェットらしさはすでに失われており、比喩を用いた再構築により、運動そのものは再び喪失を被ったことになるのではないだろうか。

運動と知覚の関係の変化に対するウェルズの関心は、ジバーン教授の加速剤を服用すると通常の数千倍の速度で行動できるという設定の短編小説「新加速剤」にも表れている。この加速剤を服用した主人公の「私」は外界の動きを数千分の一の速さで知覚するようになる。肉眼ではとらえることができないほんの一瞬の出来事でさえも観察可能なもの、限りなく静止画に近いものとなり、「空中に飛び跳ねたままになっているプードルの傍を通ったので、その犬の脚がゆっくりと地面に着地する動きを観察した」というように表現されている。[29]「新加速剤」も『タイム・マシーン』もともに時間を操作することによって生じる運動に対する知覚の変化に注目している。[30]「新加速剤」に関しては、網膜残像を生み出す動物の運動を連続写真によって分割し、その動きを明らかにした写真家エアドウィアード・マイブリッジを祖として見ることができる。ギャロップする馬の四本の脚が同時に地面から離れるかどうかを写真で検証してほしいという依頼を受けたマイブリッジは、実験の結果、その四本の脚が同時に地面から離れる瞬間があることを連続写真により証明した。撮影された馬の走り方はそれまで画家たちの描いてきた走り方の規範とは相容れず、とても不恰好な姿に思われた。[31]このギャロップする馬の写真が、写実的な描写力で知られたテオドール・ジェリコーの『エプソム・ダービー』(一八二一年)に描かれた馬の姿とは大違いだったことは世の語り草となった。

馬の走る姿に力強さや逞しさから来る美しさを期待していた人々は、マイブリッジの提示した連続写真に大いに失望したわけだが、これに似た失望が「新加速剤」のなかでも語られている。

こんなにもゆっくりと観察されたウィンクは美しくないものだ。キビキビとした快活さは消え失せるし、ウィンクしようとしている目が完全には閉じていないため、半開きの瞼《まぶた》の下から眼球の一部と白目の筋が覗いている。[32]

魅力的なウィンクは時間が引き延ばされることによって間が抜け、不気味な様相を帯びる。先のプードルの跳躍と併せて考えると、そこには、肉眼ではとらえることができないものの正体を目の前に突きつけられたときの驚異と違和感が表現されているといえるだろう。しかしこれ

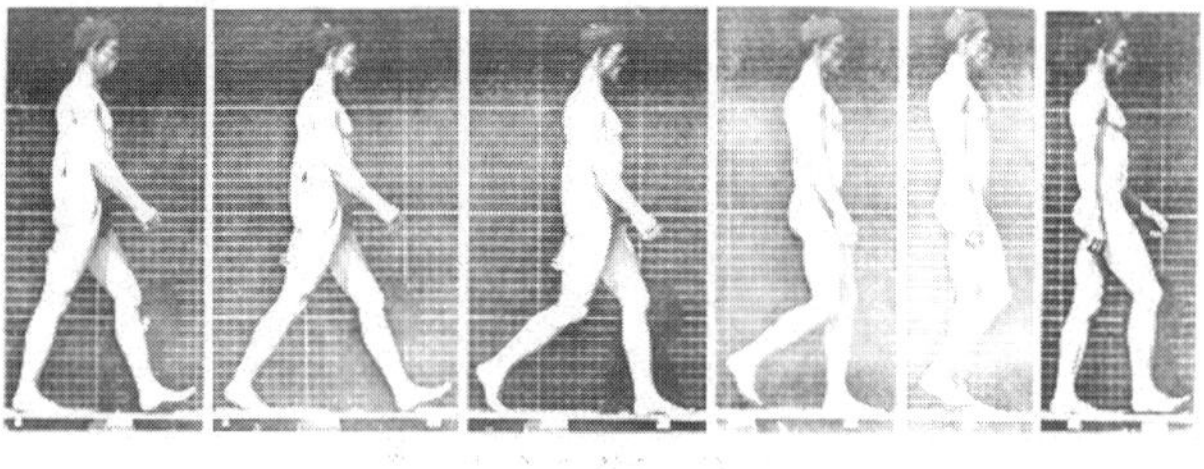

図４　エアドウィアード・マイブリッジ『運動中の人間の姿』から

らは、運動の正体らしきものでありつつも運動そのものではないという、ある意味において両義性のなかにある。というのも、これらが紛れもなくプードルの跳躍やウィンクといった運動の一部であるにもかかわらず、時間的な方向性を限りなく消失した、もはや運動としては知覚できないものと化しているからである。スローモーションの作用について阿部公彦は「スローモーションは運動の記念碑である。スポーツ語りは、スローモーションを用いることでスポーツの華やかさを引き立てる、はず。しかしそこでは、スポーツを語ることの逆説性も露呈せざるを得ない。スローモーションを通して我々が求めるのは、スポーツにおける決定的瞬間としての『それ』であることは間違いないのだが、運動を微分化しようとすればするほど、『それ』とはとらえられなくなっていく」と述べている。[33]「新加速剤」の極端なスローモーションとは、日常のなかでその運動を見ていたときには感じない、運動が凍りついたがために生じる驚きと違和感が新たに付与される視覚的な時間といえる。スローモーションは運動の確固たる一部でありながら、もとの運動から限りなく遠ざかり、別の驚くべき視覚体験を提供するものでもあるため、自然の驚異を描くドキュメンタリー映像に頻繁に利用されていくことになる。

運動の微分化と認識論的ずれという観点から、マイブリッジが後年撮影した歩行する男性の連続写真（図4）を考察してみよう。この連続写真の観察者は左から右へと視線を移動させ、男性の歩行の過程のいくつかの瞬間を目にし、それが人間の歩く動作を切り取ったものだとすぐに認識するはずだ。しかしここで仮に右から二番目の瞬間の写真だけが提示されたとしたら、そのイメージが歩行という運動を示していると私たちは断定できるだろうか。前方への歩行のエネルギーがかき消されたかのようなその一枚の写真は、確かに歩行のある一瞬ではあるのだが、その事実の保証は、それが他の五枚の写真の間にあることに依拠しているのではないだろうか。さらに、この連続写真の「ある運動選手の歩行の位相」というキャプションは、その対象を固有名詞で名指しせずに人物の特定を回避しているため、運動選手がどう歩行しているのかという一般論的な分析の方向づけを担っている。したがってこの写真の観察者は、ある特定の人物の一回限りの運動を精査しつつも、連続写真に宿る性質と運動選手の匿名性によって、固有で一回限りのもとの運動から二重の意味で遠ざかりながらこの写真を眺めることになる。

こうしたことを踏まえたうえで『タイム・マシーン』や「新加速剤」で描かれた運動をとらえなおすと、ウェルズの関心は運動そのものでありつつも、それ以上に、そこから離れて変容したイメージにあったと考えられる。

個人の運動から進化の枠組みへ

ある男の生まれたその日から亡くなる日まで毎日欠かさず同じ構図でポートレイトを撮影できたとしたら、その人物の生涯の見た目の変化をパラパラ漫画のようにして振り返ることが可能となる。こうしたパラパラ写真があったとして、私たちはそれをどのように見るのだろうか。多くの人は、ほとんど代わり映えもしない写真を一枚一枚丹念に見ていくことはしないだろう。彼の一生をざっと流して見た後、ある瞬間で手を止めて彼の青春時代の容姿を観察し、再び年齢を重ねる変化をたどり、どこかまた気になる年齢の辺りで手を止めるといったことを繰り返すのではないだろうか。ここでトラベラーのある説明に目を向けてみよう。

例えばここにある男のポートレイトがあるとしよう。八歳、一五歳、一七歳、二三歳などの。

これらはすべてその人物の断片、いうなれば固定して変化しないものである四次元的な存在の三次元的な表現さ。[34]

これはトラベラーが訪問者に時間と空間の説明を施す際の一節であり、ここでは人の変化を連続性のなかの断片としてとらえている。一般にポートレイトは被写体そのものの静止状態を撮影するため、動きを解析した連続写真とは確かに異なるものである。ならば静止状態ということを念頭に置いて、トラベラーが語るポートレイトを時間旅行の文脈に乗せ、八〇万年先まで延長してみるとどうなるだろうか。超高速での移動は年代を大幅に飛び越え、トラベラーは途中で何度か停止して未来を観察している。観察の対象を個体の運動から人類の進化という視点にシフトさせるタイム・マシーンという乗物は、個人の運動の観察から進化論的な年代の分節化へと私たちを導くことになる。ここに個人ではなく、人類の進化にまつわるポートレイトの道筋がつけられる。そして断片化された年代の先には完全に個人としての身体表象を欠いたイーロイとモーロックが登場する。この視点に立ったとき、未来の博物館の廃墟は、人類史の時間的分節化の殿堂および物語を解釈するためのメタ装置として前景化されるといえるだろう。[35]

図5　折り込みの一部。『原始人』から

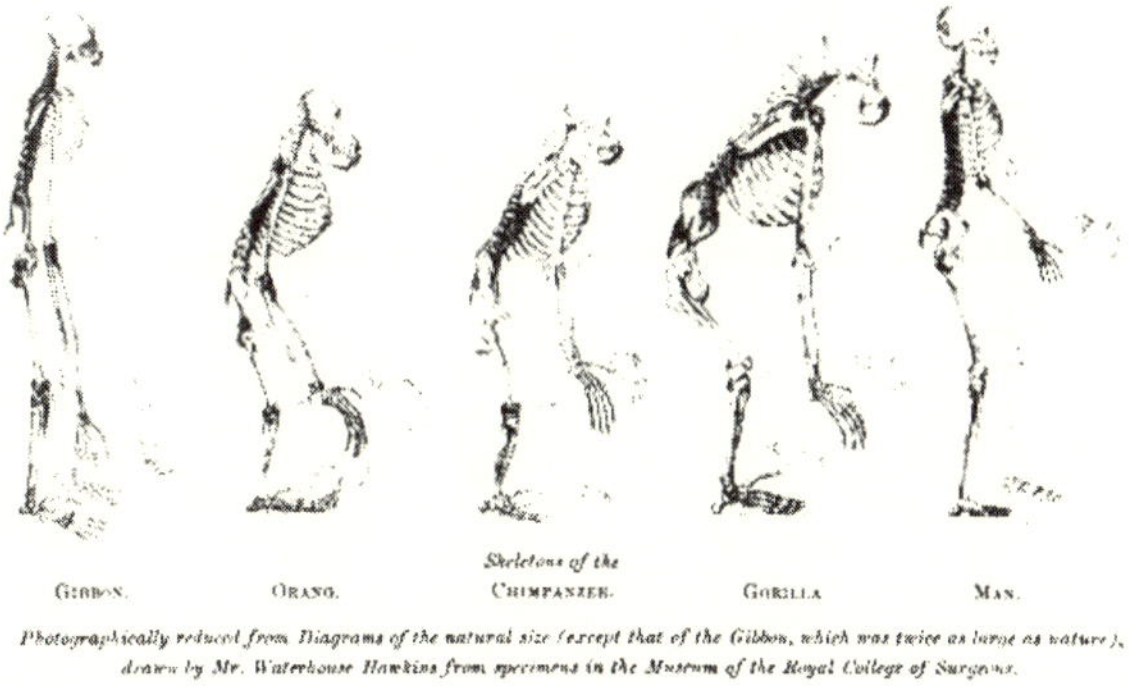

図6　T・H・ハクスリー『自然界における人間の位置についての証拠』から

人類を時間的な分節化のなかで見る行為として身近にあり理解しやすいものは、図鑑のなかの人類進化の過程の絵——左に配置されたものが最も古く、右に行くにつれて現在のヒトに近づく絵——かもしれない。最も有名なものにはライフ・ネーチュア・ライブラリーの『原始人』(一九六五年)(図5)があり、そこでは左端のプリオピテクスから右端の現生人類まで人類進化は一五段階の絵で示されている。[36] T・H・ハクスリーが『自然界における人間の位置についての証拠』(一八六三年)に掲載した図版(図6)はこうした絵の先駆けともいえる。ただしハクスリーの図版ではテナガザル、オランウータン、チンパンジー、ゴリラ、ヒトの骨格標本のイラストが並置されており、人類の進化過程を表現する絵とはなっていない。ダーウィン主義者のなかでも本質的には形態学者だったハクスリーは、現存種あるいは化石種の構造を比較して潜在的な類似性を発見する訓練を受けていたためだろうか、ここでは現存種が横一列に並べられ骨格の比較がされている。[37] しかしこの図は形態学上の比較であって、進化論の時間的な枠組みとは一致しないにもかかわらず、現代の図鑑同様に五つの骨格標本のイラストが同一方向を見て一線上に並べられているため、視線は左端のテナガザルから右端のヒトへと順次移動するように誘導されてしまう。この視線には視覚的に並列する物体を連続性と関連づけたいという欲求が宿っており、そこに存在しない時間的な枠組みを滑り込ませ、観察者に、各骨格標本のイラストの間に時間的流れを想起させる。

マイブリッジの連続写真とハクスリーの図版はその意図も意味するところもまったく異なるにもかかわらず、両者が視覚的な類似を呈し、ともに個人の身体性から離れるという点を共有している。連続写真では、身体に宿っていたはずの運動のエネルギーがかき消され、空間上に凍りつき、あるときは美しく見えたものでさえ醜く無様に変容し、それがある特定の人物の動作ではなく人間や動物一般の運動であるかのごとく還元される。一方ハクスリーの図版に描かれているサルやヒトの身体は種の典型、すなわち最もありふれた骨格を示しているが、典型であるがゆえにその骨格の持ち主は存在せず、特定の個体に帰着することはない。

八〇万年後の人類の身体の観察者であるトラベラーは博物学の知識を有する光学研究者であり、彼が私たちに提供するイーロイやモーロックの身体にはもはや個人の区別は存在せず、彼が詳しく説明すればするほど、その説明は個体に関するものではなく種の説明へと導かれたことを思い出してほしい。タイム・マシーンの時間移動そのものに個人の運動の観察から進化の文脈へと置きなおされる場が存在するのだが、そうした視線の共存や転換そのものが重要なのではない。身体表象が運動そのものから離れていくこと、個人の身体から離れていくことを通して、そこでどのような意味が付与されるのかを問うことが必要なのだろう。『不思議の国のアリス』では上下、ハクスリーをはじめとする骨格の提示では左右といったように、進化の問題には空間的認識論がついて回る。ゴールトンの合成写真による退化のカタログでも違うかたちで空間が利用されており、『タイム・マシーン』は一九世紀末におけるそうした表象の末裔として存在している。

有閑階級的な生活スタイルのトラベラーによる退化の表象への旅は、当時の身体と空間をめぐる、観察力が試される認識論的なグランド・ツアーだったともいえるだろう。かつて、ヨーロッパの過去と現在の歴史と文明を学ぶためのグランド・ツアーのなかで、貴族の子弟はクロード・ロランの描いた画面に広がる一日の黄昏時の夕焼けの美しさに息をのんだ。その夕焼けは、『タイム・マシーン』における語りの額縁のなかでは、ウィーナとモーロックを焼いた人類の黄昏を象徴する赤い炎として、そしてさらに未来の地球そのものの黄昏を象徴する赤い海として、私たちの前に姿を変えて現れているようにも思える。

注

［1］Daniel Pick, *Faces of Degeneration: A European Disorder, c.1848-c.1918* (Cambridge: Cambridge University Press, 1996)

158.

[2] Terry Ramsaye, "Robert Paul and *The Time Machine*," *The Definitive Time Machine*, ed. Harry M. Geduld（Bloomington: Indiana University Press, 1987）, 197-200.

[3] Anne Friedberg, *Window Shopping: Cinema and the Postmodern*（Berkley: University of California Press, 1993）, 90-94.〔アン・フリードバーグ『ウィンドウ・ショッピング——映画とポストモダン』井原慶一郎、宗洋、小林朋子訳、松柏社、二〇〇六年〕; Jonathan Bignell, "Another Time, Another Space: Modernity, Subjectivity, and *The Time Machine*," *The Wellsian: The Journal of H. G. Wells Society* 22（1999）: 34-47 においても『タイム・マシーン』の世界とは映画体験などを通した一種の仮想の視線によるものであることが論じられている。

[4] Ramsaye, "Robert Paul and *The Time Machine*," 196.

[5] Lewis Carroll, *Alice's Adventures in Wonderland and Through the Looking-Glass and What Alice Found There*, ed. Hugh Haughton（London: Penguin, 1998）, 10.

[6] Ibid., 108.

[7] John Huntington, *The Logic of Fantasy: H. G. Wells and Science Fiction*（New York: Columbia University Press, 1982）, 44.

[8] H. G. Wells, *The Time Machine*, ed. Patrick Parrinder（London: Penguin, 2005）, 29.

[9] Ibid., 47.

[10] Bram Stoker, *Dracula*, ed. Maurice Hindle（London: Penguin, 2003）, 363.

[11] Joseph Conrad, *The Secret Agent*, ed. John Lyon（Oxford: Oxford University Press, 2004）, 217.

[12] 英文学への影響については Pick, *Faces of Degeneration* の第六章 "Fictions of Degenerations" に詳しい。

[13] こうした顔の標本に関する理論、写真を利用した作成方法、材料の解説、作成された顔のサンプル等は *Guy's Hospital Reports* のなかの論文（Galton and Mahomed, "An Inquiry in the Physiognomy of Phthisis" 475-93）

にまとめられている。顔のカタログ化についての邦語文献は谷内田浩正「この顔を見よ——顔のカタログ化と退化のリプレゼンテイション」『現代思想』（青土社、一九九一年七月号、六〇－八〇頁）を参照。なおロンブローゾやゴールトンの理論への対抗言説については富山太佳夫「顔が崩れる」『現代思想』（青土社、一九九一年七月号三六－四九頁、八月号二一七－二三一頁、九月号一八三－九五頁）に詳しい。

〔14〕Wells, *The Time Machine*, 3.

〔15〕Ibid., 88.

〔16〕Ibid., 91.

〔17〕John Hammond, *A Preface to H. G. Wells* (Harlow: Pearson Education, 2001), 183.

〔18〕Ibid., 183.

〔19〕Ibid., 184.

〔20〕Maria Warner, "Introduction," *The Time Machine* (London: Penguin, 2005), xxiii. ジョン・ハンティントンによれば、ウィーナの人間的な容姿は、彼女が友人というよりペットのようであることを見えにくくしているという。Huntington, *The Logic of Fantasy: H. G. Wells and Science Fiction*, 43.

〔21〕Wells, *The Time Machine*, 24, 29.

〔22〕Ibid., 91.

〔23〕ロンドンの交通、工業、産業等の発達に関しては以下に詳しい。Rosalind Williams, *Notes on the Underground: An Essay on Technology, Society, and the Imagination* (Cambridge: The MIT Press, 1990)〔ロザリンド・ウィリアムズ『地下世界——イメージの変容・表象・寓意』市場泰男訳、平凡社、一九九二年〕; Wolfgang Schivelbusch, *Geschichte der Eisenbahnreise: zur Industrialisierung von Raum und Ziet im 19. Jahrhundert* (Frankfurt am Main: Fischer Taschenbuch, 1977)〔ヴォルフガング・シヴェルブシュ『鉄道旅行の歴史——19世紀における空間と時間の工業化』加藤二郎訳、法政大学出版局、一九八二年〕; Stephen Kern, *The Culture of Time and*

Space 1880-1918 (Cambridge: Harvard University Press, 1983)〔スティーヴン・カーン『時間の文化史——時間と空間の文化：一八八〇－一九一八年』（上巻）浅野敏夫訳、法政大学出版局、一九九三年；スティーヴン・カーン『空間の文化史——時間と空間の文化：一八八〇－一九一八年』（下巻）浅野敏夫・久郷丈夫訳、法政大学出版局、一九九三年〕；Cathy Ross and John Clark, London: *The Illustrated History* (London: Penguin, 2011)〔キャシー・ロス、ジョン・クラーク『ロンドン歴史図鑑』大間知知子訳、原書房、二〇一五年〕

[24] 『不思議の国のアリス』をテラトロジー（怪物学）の驚異博物館として読む刺激に満ちた論考としては高山宏『近代文化史入門——超英文学講義』（講談社、二〇〇七年）の第七章「子供部屋の怪物たち」が挙げられる。

[25] Wells, *The Time Machine*, 68.

[26] Ibid., 10.

[27] Ibid., 18.

[28] Ibid., 86.

[29] H.G. Wells, "The New Accelerator." *The Complete Short Stories of H.G. Wells*, ed. John Hammond (London: Phoenix, 1999), 493-94.

[30] 「新加速剤」における二〇〇倍、九〇〇倍、二〇〇〇倍の三段階の加速剤への言及（497）は連続写真におけるシャッター・スピードの差に相当するものでもあり、連続写真との類似性を際立たせている。

[31] Georges Sadoul: *Histoire Générale du Cinéma 1: L'invention du Cinéma 1832-1897* (Paris: Denoël, 1948)〔ジョルジュ・サドゥール『世界映画全史1』村山匡一郎・出口丈人訳、国書刊行会、一九九二年〕の第四章に詳しい。

[32] H.G. Wells, "The New Accelerator," *The Complete Short Stories of H. G. Wells*, 494.

[33] 阿部公彦『スローモーション考——残像に秘められた文化』南雲堂、二〇〇八年、四八頁。

[34] Wells, *The Time Machine*, 5.

[35] ちなみに未来世界の八〇二七〇一年という西暦は暗号としても解釈することができるという。ウェルズが『宇宙戦争』などの作品で用いている一九〇一年という時代設定を『タイム・マシーン』にも当てはめてみると、イーロイとモーロックの世界は八〇〇八〇〇年先の未来となる。この数字は八〇〇〇〇〇と八〇〇の二つに分割でき、前者が進化論的な時間の流れであり、後者が歴史的な時間の流れを意味し、人類の栄枯盛衰がその二つの時間尺度から暗示されているとも考えられている。Patrick Parrinder, *Shadow of the Future: H. G. Wells, Science Fiction, and Prophecy* (Syracuse, Syracuse University Press, 1995), 41-42.

[36] F. Clark Howell and the Editors of Time-Life Books, *Early Man* (New York: Time-Life Books, 1972), 41-45.〔クラーク・ハウエル『原始人』〈改訂版〉寺田和夫訳、タイムライフブックス編集部、一九七六年〕。二〇一五年一一月二四日のGoogleの検索画面のロゴにはこれに類したものが使用された。ロゴをクリックすると、「ルーシー（アウストラロピテクス）」の検索画面が表示された。

[37] Peter J. Bowler, *Charles Darwin: The Man and His Influence* (Cambridge: Cambridge University Press, 2000), 140.〔ピーター・J・ボウラー『チャールズ・ダーウィン――生涯・学説・その影響』横山輝雄訳、朝日新聞社、一九九七年〕

第二章　リアリティ効果と揺さぶられる境界――『モロー博士の島』

作品のかたち

『モロー博士の島』（一八九六年）を読むと真っ先に気づくのは、過去のイギリスの文学作品との共鳴である。孤島の神として振る舞うモロー博士に『テンペスト』（一六一〇—一一年・初演一六一一年）のプロスペローの姿を見ることができるし、実験により人間を作り出す神をも恐れぬ所業は『フランケンシュタイン——現代のプロメテウス』（一八一八年・一八三一年）のヴィクター・フランケンシュタインを想起させる。[1] 海洋ものとしての『ガリヴァ旅行記』（一七二六年）の影響も大きく、語り手のエドワード・プレンディックがモロー博士の島からイギリスへ帰還した後の苦悩する描写は『ガリヴァ旅行記』からそのまま借用されてきた印象を受ける。いうなれば『モロー博士の島』は、ひとつの新しい作品として生を受けつつも、過去の作品からなるパッチワークであり、その過去がある意味では不格好なかたちで表出している点からすると、この小説それ自体が、作品が語る動物人間の姿そのものともいえるかもしれない。

『モロー博士の島』には、語り手プレンディックの甥チャールズによる前書きが付されている。[2] この前書きによると、チャールズがおじの遺産整理中に、書類のなかからモロー博士の島での体験記を発見したということになっている。この前書きには物語にリアリティをもたせる役割があるのだが、こうしたやり方は海洋小説の手法のひとつでもある。前書きの冒頭を引用してみよう。

一八八七年二月一日、レディ・ヴェイン号は南緯一度、西経一〇七度付近の海域で遺棄船と衝突し沈没した。

一八八八年一月五日——すなわち漂流から一一箇月と四日後に——一人でいるのが好きな紳士である私のおじエドワード・プレンディックは、南緯五度三分、西経一〇一度の海域で小型のオープンボートに乗って漂流しているのを救助された。船名は判読できなかったが行方不明になっていたスクーナー船イペカクワニャ号のものと考えられる。彼はカヤオでレディ・ヴェイン号に乗船したのが確認されており、溺死したものと思われていた。[3]

この冒頭の数字の多さに注目してみるべきだろう。『モロー博士の島』の物語内容に照らせば、一般の読者にとってこうした数字が解釈上の重要な要素となることはないように思える。にもかかわらず、この書き方が前書きの基調をなし、終始この調子である。小説における前書きは、その後に続く本文に何らかの枠を提供する。英米文学史上最も有名な例としては、ヘンリー・ジェイムズの『ねじの回転』（一八九八年）が挙げられる。女家庭教師が語る幽霊に関する疑問——幽霊は本当に存在したのか、それとも幽霊とは雇い主の気を引くための狂言だったのか、あるいは女家庭教師の頭がおかしくなってしまったのかなど——は他人が語る前書きのフレーム効果によって、揺さぶりをかけられ、どのベクトルに対しても確固たる結論に達することを不可能にしてしまう。読者が幽霊は存在した、あるいは存在しなかったというどちらかの結論に達したとしても（それがどんなに論理的であれ）、それはジェイムズによる罠にまんまと引っかかったということになるのだろう。

『モロー博士の島』の場合、物語内容が現実離れしているだけに、前書きにおける細かい数字の列挙は現実らしさを付与する効果をもたらしていると考えてもよいだろう。このリアリティ効果について付言するならば、『モロー博士の島』の前書きは細かい数字の列挙とそれによる分節化こそが現実を構成するという『ロビンソン・クルーソー』（一七一九年）において見られる一八世紀的なリアリズム文学の感覚を引き継いでもいる。[4] ところがその一方で、物語上のより重要な要素——プレンディックのボートの母船名、島の位置、証拠に関する記述——は曖昧であり、読者はそれを知ることができない。

私のおじが救助された海域に存在する唯一知られた島は、ノーブル島という無人の火山島だけだった。この島には一八九一年に英国海軍のスコーピオン号が停泊したことがある。水兵たちが上陸したが、奇妙な白い蛾、豚と兎、一風変わったクマネズミがそれぞれ少し見つかっただけだった。いずれの標本も確保されなかった。そのためこの物語には最も肝心な事項が抜け落ちている。[5]

恐怖《ホラー》とは説明できないものに対する感情の揺れでもあるので、確固たる数字の世界に『モロー博士の島』の物語を位置づけることは、この物語の恐怖を減退させてしまうことになるだろう。恐怖のリアリティは、むしろものごとをはっきりとは語らないことによって強度を増すため、『モロー博士の島』の前書きは、この相反する態度を志向しなくてはならない。正確な数字をどれだけ並べたところで到達できない恐怖のリアリティという地点に向けて、この曖昧さこそが必要不可欠なものだともいえよう。

前書きでこうしたフレーム効果を利用した『モロー博士の島』の語り手は、第一章からモロー博士の島での恐怖を体験したとされるエドワード・プレンディック本人に移される。その冒頭において、当時実在した日刊全国紙『デイリー・ニューズ』の一八八七年三月七日の記事が取り上げられるため、読者は現実の世界を意識しながら物語を読むことを求められているようにも思える。そこでは、実在した新聞のなかにフィクションであるレディ・ヴェイン号の海難事故の報道を組み込んだうえ、それは誤報のため、真実はプレンディックの語りにあるという前置きがされている。ウェルズの作品では物語世界のリアリティを演出するために、実在する新聞等が引用されることは珍しくない。

ここで注目したいのは、プレンディックがメデューズ号の海難事故を持ち出し、読者にその内容を思い出させようとしている点である。[6] すべてを体験し終わり、出来事を俯瞰的に眺めることが可能であるプレンディックによるメデューズ号事件への言及は、少し立ち止まって考えてみるべきことだろう。メデューズ号事件とは、一八一六年七月五日、現在のモーリタニア沖のアルガン岩礁にフランス海軍のメデューズ号が乗り上げて沈没した歴史上実際に起こった海難事故のことで、救命筏に乗り込んだ一五〇名のうち、嵐、酒浸り、争い、食人、飢え、精神錯乱の世界から救出されたのはわずか一五名だった。そのうちの五人は陸地に到着するとすぐに死亡した。[7] この衝撃的な海難事故は画家テオドール・ジェリコーの想像力を刺激し、『メデューズ号の筏』（一八一八—一九年）として絵画化された。『メデューズ号の筏』は一八二〇年にはロンドンのエジプシャン・ホールでも展示され、五万人を超える人々が観覧し、好評を博したことで知られている。[8] ダブリンではこの海難事故を追体験する見世物として、可動式パノラマまで製作された。[9] このようによく知られた壮絶な海難事故の歴史的記憶は、イペカクワニャ号に救助されるまでのプレンディックの漂流——飢え、喉の渇き、生き残るための殺人計画を伴った漂流——を現実の世界に接合するものとなっている。

メデューズ号事件における生死を賭けた争いが、文明から隔絶されたときに目覚める人間の本能に由来するとしたら、『モロー博士の島』におけるメデューズ号への言及の意味は、レディ・ヴェイン号の海難事故との関わりのみに限定されてはならないのかもしれない。『モロー博士の島』はレディ・ヴェイン号のボート上、イペカクワニャ号の船上、モロー博士の島、ロンドンというように物語の舞台を移している。これらの舞台を二つに分類すると、始めの二つは海上、続く二つは陸上である。また別の分類では、海という境界に隔てられた文明世界ロンドンと未開のモロー博士の島ということになる。小説の伝統に即していうならば、『モロー博士の島』でも大海が異世界への入り口となっているのだが、問題なのは境界を伴うこうした区別が可能であるにもかかわらず、境界を越えて侵食する原始の力があらゆる箇所で脅威となっていることだろう。最終的にはロンドンとモロー博士の島を隔てている大海が境界として機能しなくなり、プレンディックのなかでロンドンとモロー博士の島がべったりと重なり合ってしまうからである。

レディ・ヴェイン号のボート上での出来事は、人間にそもそも備わっている抑圧し続けなければならない原始性ともとらえられ、そう考えると、ロンドンとモロー博士の島を隔てる境界それ自体の存在が怪しくなる。表向きは動物人間の話でありつつも、すべてを体験したプレンディックが最初にメデューズ号事件を引き合いに出すことにより、人間それ自体の問題であることが暗示されているのかもしれない。ウェルズの小説の多くは脅威としての他者、侵略者としての他者を描き、自己と他者の間に何らかの境界——水平的空間上（『モロー博士の島』）、垂直的空間上（『宇宙戦争』）、時間上（『タイム・マシーン』）の境界——を設定するが、読者は小説を読み進めていくうちに、実のところ、恐怖の対象はその境界の向こう側の他者ではなく、こちら側にあるのではないかと考えさせられることになる。モロー博士の島の規律が乱れ崩壊してしまうのは、文明と自然の相克のなかで原始の力が文明に打ち勝ったからであるが、それは動物人間にのみ作用する力ではないということをプレンディックの漂流とメデューズ号事件への言及が私たちに示しているようにも思える。小説と実際の世界の垣根を突き崩すことによって、

『モロー博士の島』は、物語中の向こう側とこちら側の境界の崩壊に読者を巻き込もうとしているのではないだろうか。

帝国と階級問題

プレンディックが精神に異常をきたしながらもなんとか生還を果たしたのに対し、モロー博士の実験助手モンゴメリは、島であっけない最期を遂げる。何が二人の命運を分けたのだろうか。ともに大学で理科系の学問を専攻した二人だが、ものの考え方や感じ方には遠い開きがあるようだ。まず動物人間に対する接し方が異なる。プレンディックが動物人間を避け、人間と動物の境界線を維持しようとするのに対し、モンゴメリは自ら進んで彼らと交友を深める。二人の決定的な相違はアルコールに対する姿勢にも表れている。モンゴメリが酒に溺れる一方、プレンディックは禁酒家として設定されている。モロー博士からブランデーとビスケットを与えられたプレンディックは「私はそのブランデーを口にすることはなかった。生来の禁酒家だったからだ」と述べている。[10] この告白は二人の命運を分ける要素として見逃せない。一部の動物人間に対して友愛的な感情をもっているモンゴメリはアルコール依存症として表象され、まさに酒宴の最中、反乱を起こした動物人間に襲われて命を落とし、モロー博士の帝国は崩壊するからである。

現実の大英帝国において、飲酒は帝国衰退の要因として頻繁に取り上げられ、さまざまな言説を生み出していた。世紀の半ばにはすでにジョン・エドワード・モーガンが『大都市の急速な増加による人種退化の危険』(一八六六年)という医学評論のなかで飲酒の弊害について言及し、蒸留酒依存の両親から生まれる子どもたちへの悪影響を警告している。[11] ジョン・ミルナー・フォザギルも、労働者階級の生活を社会問題として取り上げた『都市の住人』(一八八九年)のなかで、彼らの常習的飲酒を問題視している。[12] こうした飲酒に対する危機感は社会学者アーノルド・ホワイトの著作『大都市の諸問題』(一八八六年)のなかにも顔を覗かせる。ホワイトもまた労働者階級の過度の飲酒は改善しなくてはならない社会問題であると主張する。ホワイトは、上流階級と労働者階級の飲酒に対する態度の違いから説明を始め、飲酒を労働者階級の悪しき習慣と位置づける。ホワイトによれば、労働者階級の過度の飲酒は、帝国主義のコンテクストにおいてもまた改善されなければならない問題だった。

イーストエンドの飲酒はひとつの地区における問題ではなく、帝国における問題である。

〔……〕大都市の飲酒の習慣は世界中に広まった。イングランド資本で経営され、イングランドのエンジニアによる熟練の管理のもとで作業がおこなわれているダイヤモンド鉱山や金鉱は、伝道者たちが影響を与えたり終わらせたりできない消耗と死といった悪の中心となっている。イングランドを離れる者はみな伝道者である。彼らはイングランド文明が評価される基準である。イングランドはその息子たちに裏切られているのである。[13]

『モロー博士の島』で読者が最初に出会う飲酒癖のある人物は、プレンディックを救助するイペカクワニャ号の船長デイヴィスである。この船は以前は清潔だったが、モロー博士との契約により動物の輸送に使われ始めてから清潔とはほど遠いものとなり、今や混乱のなかにある。もはや船上を管理できなくなった彼は、船長室で「泥酔」しており、それも「いつも酔っ払っている」とあり、ホワイトのいう裏切り者の息子といえよう。[14]

この船長と口論するモンゴメリは、当初、船長とは対照的な人物として描かれていたが、飲酒の悪癖が彼にも伝染したかのように次第に酒に溺れるようになり、島の管理の放棄へといたる。仕事を投げ出し、動物人間とともに酒を酌み交わすモンゴメリの様子は、飲酒の悪癖を未開人に広めることにも通ずるかもしれない。そして飲酒の悪癖が帝国の危機を増大させるというホワイトの主張をなぞるかのように、アルコール依存症のモンゴメリの死をもってモロー博士の帝国は崩壊する。こうした社会的コンテクストからすれば、知的な中産階級という出自ながら、自制心が足りないとされる労働者階級の性質を帯びるにいたったモンゴメリは、人間と動物の境界を行き来するのに相応しい人物なのだろう。『モロー博士の島』という作品が動物実験に対して批判的な姿勢を見せていることは確かであるとはいえ、動物人間に対するモンゴメリの思いやりは、慈悲の精神だけではなく、動物人間と彼の同質性を強調している。『モロー博士の島』はウェルズが『タイム・マシーン』で主題とした階級問題を再度取り上げた作品ともなっており、この二つには社会崩壊へといたる人間内部に潜む堕落の芽への意識が共通して見られる。そしてこの意識はまた別のかたちで『宇宙戦争』に引き継がれていく。

〈見る〉から〈見られる〉へ

『モロー博士の島』では、動物人間を作り出すモロー博士は神のような存在として君臨している。モロー博士が作ったヘビの怪物がカナカ人を殺害したという昔話は聖書か何かの物語の変形のようにも見えるが、統治者としてのモロー博士は、当時の帝国主義と進化論の文脈にも位置づけられる。モロー博士は動物人間に英国風の習慣を教え込むことにより、彼らを人間化しようとしていたが、その文脈で特に重要なことは言葉、すなわち英語を話すことが動物人間を動物ではなく人間であることの証明としている点だろう。これはモロー博士が支配と被支配をめぐる物語において、コーカソイド型ではなく異人種型の動物人間を作ったことと切り離すことができない。語り手プレンディックが「ダーウィンのブルドッグ」として名高いハクスリーに教えを受けた博物学の愛好家で、モロー博士の助手モンゴメリがユニヴァーシティ・カレッジ・ロンドン出身の生物学者という設定や、ガラパゴス諸島付近に設定された島の位置から、当時の読者がダーウィン理論を想起したことは間違いないだろう。[15] モロー博士の研究は、キリスト教的一神教、ダーウィン理論の怪物的変形としての社会ダーウィン主義、帝国主義といったものを共存・融合させる実験場でもあるのだが、それは最終的には〈健全〉な人間の精神を崩壊させる。動物と人間の融合には失敗するものの、厄介なことにプレンディックのなかの自己と他者の境界線は消滅し、それらは奇妙な融合を見せることになる。

ハクスリーのもとで学んだプレンディックは、最先端の進化論から、ものを収集し、分類して展示する大衆的な見世物文化まで、当時の博物学関連の広範な領域に取り囲まれている。プレンディックが漂流するのが遠く南米の海域であるということは、ダーウィンのビーグル号による航海やウォレスのマレー諸島滞在中の博物学的観察などに代表される航海、より珍しい動植物を求めてなされた遥か彼方の海域への航海という当時の博物学の文化的状況とも符合する。次から次へと新種が発見された時代に、より珍しいもの、より話題性のあるものが求められただろうことは容易に推測できる。[16]『モロー博士の島』というテクストには、より珍しく、奇妙なものを提示したいという博物学的欲望が内包されているようでもある。リチャード・D・オールティックの大著『ロンドンの見世物』を読めば、一八世紀から一九世紀の間を通して、ロンドンにはあらゆる種類の見世物――芸を仕込まれた動物、他民族、小人、巨人、さまざまな奇形の人々、動物人間の見世物――が溢れていたことがわかる。モロー博士自身の研究にとって見世物は欠かせない想像力の源泉である。動物人間の実験の正当性をプレンディックに語る際、モロー博士は、見世物の怪物を人為的に作り上げる中世からの伝統に触れ、彼の科学的合理性に大衆文化的な博物学の見世物を接ぎ木している。[17]さまざまな動物人間――豹人間、ハイエナと豚から作られた生物、灰色の毛の生物、セント・バーナード人間、類人猿と山羊から作られたサテュロスのような生物など――は当時のロンドンの見世物小屋から抜け出してきたかの印象を受ける。[18]動物人間の起源を見世物の怪物に置くモロー博士は、人々を驚異の渦に巻き込む見世物師の姿でもあるようだ。

モローの角笛が鳴り、午後の熱帯の静寂が破られた。〔……〕するとすぐに黄色い籐の茂みから物音がし、私が前日に走り抜けた沼地を覆う深い緑のジャングルから、話し声が聞こえてきた。グロテスクな動物人間が硫黄色の区域の端の三、四箇所から姿を現し、私たちのもとへ大急ぎでやって来た。最初のやつが、それから次のやつが、木々の間やアシの茂みから、よろよろとした急ぎ足で熱い粉塵の上をこちらにやって来るのに気づいたとき、私はゾッとした。しかしモローとモンゴメリは落ち着いていたので、私は彼らに寄り添った。最初にやって来たのはサテュロスだった。そいつにはちゃんと影もあり、蹄で塵を撒き散らかしていたにもかかわらず、不思議なことに現実には思えなかった。それに続いて、藪のなかから巨大で無骨な馬犀人間が一本の藁を噛みながら現れた。それから豚女と二人の狼女、尖った赤い顔で目もまた赤い、熊と狐を掛け合わせたような醜い女、他の者たちも順番に意気込んでやって来た。それらは前に進み出るとモローにお辞儀をして、互いには無関心な様子で「主の手は傷つける手なり、主の手は癒《いや》す手なり」などと掟の連祷の後半を断片的に繰り返した。[19]

宗教儀式のように描かれたこの集会は、別の見方をすれば、見世物師、見世物の怪物、観客という見世物を構成する三要素から構成されているのがわかるだろう。見世物師としてのモロー博士が呼ぶと、次々と怪物が登場し、それぞれが彼の顔色を窺いながら演技めいたことをおこない、プレンディックはその様子を慄きながらも興味津々な様子で眺める。この描写を通して、当時の読者はロンドンのフェア等で催されていた見世物の非日常的な驚異の時間と空間の感覚を覚えたかもしれない。想像を超えるものの存在を視覚を通して体験するという見世物には、観客と見世物の間に〈見る／見られる〉という非対称的な視線の力が存在している。この視線はあくまでも安全な位置から対象を見る視線であり、このとき、その視線が自らに向けられるとしたら、それは主体の優越性を再確認するためのものだろう。見世物が娯楽として成立するのは、自己と他者の間に何らかの境界線が存在しているからである。動物人間それ自体は境界侵犯する存在であるがゆえに価値があるわけだが、その境界侵犯は、見る側には決して起こってはならないものである。

ロンドンに生還したプレンディックは、彼の周囲の人間の顔に、境界を侵犯する原始の力を感じ取ってしまうようになる。

周囲の人々を見回してみると、私は不安に駆られる。鋭く利口そうな顔、鈍そうな顔、危険そうな顔、意志の弱そうな顔、不誠実な顔などを目撃する。理性的な魂が宿る、落ち着いて威厳のある顔はどこにも見られない。私は彼らの顔に獣性が湧き上がってくるかのような気がし、間もなく、モロー博士の島の住人たちの退化が、規模を拡大して繰り返される気がする。〔……〕ロンドンに住んでいたときの恐怖は耐え難いものだった。人間を避けることはできなかった。窓越しに声はするし、鍵をかけたドアは薄っぺら過ぎた。妄想と戦うために通りに出てみると、歩いている女が私の後ろでニャオと鳴き、コソコソした物欲しそうな男が私を妬んだ目つきで見つめ、疲れた青白い顔をした労働者が、血を流している傷ついた鹿のように必死になって、咳き込みながら通り過ぎ、腰の曲がった動作の鈍い老人たちがぶつぶつ言いながら通り過ぎる。ぼろを着た子どもたちがからかいながらついて来ても気に留める者はない。脇道にそれてチャペルに入ってみると、そこでも私は狼狽した。というのも「大言」を口にする牧師の姿は、サル男のキャッキャというお喋りと同じように映ったからだ。図書館で本に集中している人の顔は、まさに獲物を待ち伏せる忍耐強い動物そのものだった。[20]

一見するとプレンディックは終始、他者を見る側に立っているようにも思えるが、ロンドンに帰還した後の彼は精神に異常をきたし、観察者のつもりであっても実のところ周囲の人々からは奇人として扱われ、密かに後ろ指を指され、観察される存在と化していたはずであり、〈見る／見られる〉の関係は安定した足場を与えられていない。プレンディックは「私もまた理性ある人間ではなく、脳の奇妙な障害により苦しんでいる動物のようであり、旋回病を患った羊さながら、一人で徘徊しているようにすら思える」と語っている。[21] この自己認識に従えば、英国、海上、モロー博士の島という空間的な境界の無効化に留まらず、他者と自己の境界は瓦解し始めており、生還後の彼の悪夢とは周囲の人間の隠しもっている獣性がいつ剥き出しになるのかわからないという不安だけでなく、その退化の兆候を自らのなかに発見してしまったがゆえの不安である。プレンディックの高潔な紳士的人物像からすれば、彼の隠遁生活は、こうした姿を他人から見られないように隠すためのものであったのかもしれない。

他人から見られる存在となったプレンディックではあるが、彼はそれでも見る側の立場を放棄しようとはせず、自我が完全に崩壊しないために観察者であり続けようとする。田舎に居を構え、晴れた日の夜は天文学の研究に費やし「どういうわけか、満天の星空に安らぎと庇護を感じるのだ」と語るプレンディックは、宇宙空間に見る対象を探し求め、地球上におけるいかなる隔たりとも比較にならないほど遠く離れた安全な場所から星を観察することにより、安らぎを得ている。[22] しかしこの時期のウェルズの作品群を俯瞰してみると、プレンディックの平穏と優位性は激しく揺さぶられていることに気がつく。二年後に上梓される『宇宙戦争』では、人類の敵は宇宙空間からやって来るからであり、その冒頭は天体観測から始まっているからである。

自己と他者の境界線を崩壊させる力は、モロー博士の島、レディ・ヴェイン号のボート上、イペカクワニャ号の船上、ロンドンといった空間上の境界線を無きものとしてプレンディックに働きかける。読者はその境界線の崩壊を安全な場所から楽しむのだが、そこにリアリティを与えているのがメデューズ号事件であることを思い出してみると、私たちがいる場所は境界のどちら側なのか、それとも境界そのものが幻想なのか、はたまた都合のよいディスコースのひとつでしかないのかを考えてみなくてはならない。

注

[1]『タイム・マシーン』のトラベラーもまたプロメテウスを連想させる。トラベラーはマッチで火を起こ

してそれを使うとともに、イーロイやモーロックからすると巨人であることから、ティターン神族のプロメテウスを暗示しているとされる。トラベラーが二度目の時間旅行から帰還していないことが小説の最後に語られるが、それはトラベラーが永遠に時空を彷徨《さまよ》い続けるという神からの罰であり、プロメテウスがゼウスから受けた罰の永遠性に似ているともいわれている。Parinder, *Shadows of the Future*, 47-48. なおプロメテウスとは「先に考える者」すなわち「先見の明をもつ者」という意味である。タイム・マシーンを操るトラベラーは時間を超えて未来に行くことができるため、ある意味では「先見の明をもつ者」といえるだろう。

[2] ただしこの前書きはハイネマン版（一九一三年）とアトランティック版（一九二四年）では削除されている。その後、ペンギン版で復活した。

[3] H.G. Wells, *The Island of Doctor Moreau*, ed. Patrick Parrinder (London: Penguin, 2005), 5.

[4] 『ロビンソン・クルーソー』のリアリズムについては高山宏『近代文化史入門——超英文学講義』講談社、二〇〇七年、一〇八頁。ウェルズとデフォーの類似については橋本槇矩「H・G・ウェルズのバーベリアンとサバービア」『裂けた額縁——H・G・ウェルズの小説の世界』英宝社、一九九三年、五－六頁。

[5] Wells, *The Island of Doctor Moreau*, 5.

[6] Ibid., 7.

[7] Jonathan Crary, "Géricault, The Panorama, and Sites of Reality in the Early Nineteenth Century," *Grey Room* 9 (Autumn, 2002): 24-25.

[8] Ibid., 12, 16.

[9] Ibid., 17.

[10] Wells, *The Island of Doctor Moreau*, 30.

[11] John Edward Morgan, *The Danger of Deterioration of Race from the Too Rapid Increase of Great Cities* (London:

Longmans, Green, 1866), 34.

[12] John Milner Fothergill, *The Town Dweller* (London: H. K. Lewis, 1889), 68.

[13] Arnold White, *The Problems of a Great City* (London: Remington, 1886), 174-75.

[14] Wells, *The Island of Doctor Moreau*, 12, 16.

[15] 一八九六年版には西経と東経の表記の誤りが一箇所あるが、読者は別の箇所の記述から島のおおよその位置を自身で推測して作品を読み進めたはずである。Patrick Parrinder, "Note on the Text," *The Island of Doctor Moreau*, xxxi.

[16] ヴィクトリア朝時代には、新種の発見は終わりがないかのように続いた。新種のラン、ハチドリ、袋葉植物、ジャワ島からのムーンモスという蛾、ジャイアントパンダや雪ザルなど枚挙に暇がない。世界最大の獣、マンシュウヒグマが発見されたのは一八九八年のことであり、ジラフの仲間のオカピが発見されたのは一九〇一年のことだった。Lynn Barber, *The Heyday of Natural History* (London: Jonathan Cape, 1980), 67-68.〔リン・バーバー『博物学の黄金時代』高山宏訳、国書刊行会、一九九五年〕

[17] Wells, *The Island of Doctor Moreau*, 72.

[18] Ibid., 82-83.

[19] Ibid., 89.

[20] Ibid., 130-31.

[21] Ibid., 131.

[22] Ibid., 131.

第三章　白か黒かあるいは――『透明人間』

グリフィンとセバスチャン

イギリス小説における怪物表象の伝統を振り返るときに真っ先に思い起こされるのは、メアリー・シェリーの『フランケンシュタイン』(一八一八年・三一年)やブラム・ストーカーの『ドラキュラ』(一八九七年)であり、そこにスティーヴンソンの『ジーキル博士とハイド氏』(一八八六年)やウェルズの『透明人間』(一八九七年)が加わることになるだろう。ドラキュラ伯爵やフランケンシュタイン博士の怪物ほどの人気は無いものの、ジェイムズ・ホエール監督による映画『透明人間』(一九三三年)で透明人間グリフィンが顔に巻いていた包帯を取り去る瞬間は、古典期のハリウッド映画に強烈な印象を残してもいる。あるいはポール・バーホーベン監督の『インビジブル』(二〇〇〇年)では、主人公セバスチャンの身体が、皮膚から筋肉、そして骨格というように、徐々に透明度を増し、最終的に不可視にいたる過程をＶＦＸで表現し、観客を視覚的興奮に誘ったことは比較的記憶に新しい。『インビジブル』では、国家の極秘プロジェクトのリーダーとして研究所に勤務している男が透明人間となり、禁断の力を得たことによって殺人鬼へと変貌する。

原作『透明人間』におけるグリフィンが世界の支配者になることを目論む展開は、突飛すぎる欠点としてしばしば扱われてきた。批評家クリス・ボルディックは、「世界征服という説明不可能なグリフィンの野望とともに、冗長なドタバタの要素は、ヴィクトリア朝小説におけるフランケンシュタインの鉱脈の枯渇を示しているかのようであり、ウェルズはそれがマッド・サイエンティストの陳腐なお決まりの型に堕するままにしている」と考えている。[1]ボルディックは『フランケンシュタイン』についての瞠目《どうもく》すべき研究書『フランケンシュタインの影の下に』のなかで、グリフィンの想像力に満ちた無責任な論理が怪物性に変化していくことの説得力は認めているものの、「馬鹿馬鹿しい悪戯や『恐怖による支配』を打ち立てようとするグリフィンの不可解な衝動はこの小説の著しい欠点」というように、グリフィンがロンドン近郊のポートバードックに潜伏し、世界の支配を目論む終盤の展開を余計な箇所として断じている。[2]確かに、身体の不可視化に成功した男がもとの体に戻るための実験中にさまざまな邪魔が入った結果、激昂して世界の支配を宣言するという『透明人間』のプロットは、『インビジブル』のそれ——不可視という恩恵を得たセバスチャンが凶行に及ぶというプロット——と比較したとき、明らかに不自然な印象を受けるし、捻《ひね》くれたものに見える。しかしこのプロットの不自然さこそが、『透明人間』の本質的な問題と結びついていると思われる。このプロットの考察によって『透明人間』のドタバタ感の謎を解き明かすことができるかもしれない。

怯える人々による噂話

透明人間が日常生活を営むとしたら、帽子、外套、手袋、色眼鏡などさまざまなものを身につけて変装しなくてはならない。小さな村ではそれだけでも怪しい人物として目に留まるだろうが、加えてグリフィンは体を包帯でぐるぐる巻きにしている。身体の変異を隠そうとすればするほど、人に怪しまれるという悪循環のなか、グリフィンはもとの体に戻る実験に専念しなくてはならない。こうした得体の知れないよそ者が寒村アイピングの住人の関心を引かないはずはなく、ある者はグリフィンを狂人だと考え、またある者は白人と黒人の混血だと空想を膨らませる。見習い教師のグールドは、グリフィンが潜伏中のアナーキスト（すなわちテロリスト）であり、爆弾を作っているのではないかと疑っている。[3] グリフィン対アイピングの住人という対立に目が行きがちであるが、物語前半ではこうしたアイピングの住人同士の意見の相違が描かれており、物語半ばから後半にかけては、グリフィンと彼に異を唱えるケンプ博士の主張の対立へと重点が移ることを考えると、『透明人間』は語りにおける正しさの主張をめぐる対立の物語ともいえるだろう。このことについては後々考えていくことにする。

身体の可視性の喪失という物語は『ジーキル博士とハイド氏』や『ドリアン・グレイの肖像』（一八九〇年）といった身体変異のそれのヴァリエーションとみなすことができ、グリフィンは案の定ジーキル博士やドリアンと同様、自らの凶行や悪徳により悲劇的な最期を遂げる。自我の像を失うこと、それはすなわち近代的な自我の崩壊を意味するのだろう。ロンブローゾの犯罪人類学やゴールトンの優生学が影響力を有していた一九世紀の社会的な文脈においては、理想的な自我の像からの逸脱とは犯罪者や狂人のなかに列せられることを意味した。物語冒頭からすでに変装用衣装のパッチワークからなるグリフィンの像は、統一された理想的身体イメージからはかけ離れた存在として描かれているわけだが、それを取り戻すに際してもさまざまな邪魔が入り、追い詰められたグリフィンは帰属するべき居場所を失い、テロリストとなり人々を襲うことになる。アイピングの住人の推理を馬鹿馬鹿しい空想として等閑視《とうかんし》することができない理由は、透明人間というテロリストの誕生が、他者の排除という力学を背景にしているからである。借り物の身体イメージから解放される間もなく、グリフィンの物語が、他者によって語られる物語に囲い込まれてしまう点は、見逃せない。このプロットなくしてテロリストとしての透明人間は生まれないのであり、それがプロットとしての有効性をもつのは、作者と読者の間に何らかの文化的な了解事項が存在していたからだと考えてもよいだろう。

一九世紀のテロとアイルランド

一九世紀後半から二〇世紀初頭、欧米ではテロが頻発していた。以下に挙げるようなテロにまつわる報道——世界最初の都市における爆破テロは、一八六七年、イースト・ロンドンのクラーケンウェルでフィニアンと呼ばれるアイルランドの秘密組織により実行されたこと、スカミッシャーズとクラン・ナ・ゲールというアイルランド系の組織が一八八〇年代にテロを採用したこと、またこうした爆破テロにより首都警察にイギリス初の政治警察であるアイルランド公安部門が誕生したこと、ロンドン・ブリッジの爆破計画を実行中に爆死したのはクラン・ナ・ゲールのウィリアム・ロマスニーという男だったこと、一八八二年、庶民院に当時のアイルランド担当大臣であったエドワード・ウィリアム・フォースター宛の爆発物と思しき不審物が送付されてきたこと、パディントン駅で発見された茶色のバッグに入れられた爆発物は、アイルランド系アメリカ人の仕業とも報道されたこと——こうしたテロに関する報道が、市井《しせい》の人を不安にさせたことは間違いないだろう。[4]『透明人間』においては、都市で爆破を企てるテロリストへの懸念が、アイピングの人々が他者としての怪人物に向ける眼差しのなかに宿っている。都市の爆弾テロの多くがアイルランドをめぐる政治状況と密接に関わりをもっていたことからすると、見習い教師グールドが提唱した潜伏中のアナーキスト説には、アイルランド人によるテロの影が寄り添っているはずである。たとえ物語においてそのことが明示的ではなくとも、作品中の登場人物および読者にこうした共同体的な想像力が働いたと考えるべきではないだろうか。

『透明人間』がアイルランドをめぐる当時の言説の磁場にあるとすれば、関係する先行テクストの存在を小説内のどこかに見出すことも可能かもしれない。『透明人間』の第二六章「ウィックスティード殺害事件」は、グリフィンが最後にリンチによって死亡する場面と並び、この小説における暴力的で残酷な章である。

壊れた柵から引き抜いた鉄棒で、ウィックスティード氏に襲い掛かったのは、透明人間らしい。昼食のために家へ戻る途中のこの物静かな男性を引き止め、激しく暴行を加え、腕を折り、投げ倒し、頭をぐちゃぐちゃになるまで殴打したのだった。[5]

物静かな人物の「頭をぐちゃぐちゃになるまで殴打したのだった」とあるように、透明人間は凶暴性を剥き出しにして執拗に暴行を加えている。このような暴力を一個人の残虐性、あるいは倫理道徳の欠如した者が科学技術によって特別な力を得た場合の脅威として考えることも可能ではあろうが、そう断じる前に、次の引用と読み比べてみたい。

ハイド氏は重いステッキを手に握り、それを弄んでいた。しかし一言も声を発することなく、不機嫌そうにイライラしながら、話を聞いているようだった。突然、烈火のごとくに怒りだし、足を踏みならし、ステッキを振り回し、騒ぎ出したのだが、（メイドの証言では）まるで狂人のようだったという。老紳士はとても驚き、うろたえて一歩後ずさりした。ハイド氏は完全にきれて、老人を地面に殴り倒した。次の瞬間、ハイド氏がまるでサルのように激昂して相手を踏みつけ、ステッキで嵐のように殴打し続けたため、老人の骨は音を立てて粉々に砕け、体は路上で跳ね上がった。[6]

この場面が、『透明人間』の一一年前に発表されたロバート・ルイス・スティーヴンソンの『ジーキル博士とハイド氏』（一八八六年）からのものだということはすぐにわかるだろう。『ジーキル博士とハイド氏』でも『透明人間』と同じように紳士殺害の始終を描くための「カルー殺害事件」という章が設けられており、棒状の凶器による撲殺、その際の激しい殴打、薬物により変異した怪人が容疑者といった殺人の概略は際立って類似している。それもそのはずで、ウェルズが著作権代理人J・B・ピンカーに宛てた書簡のなかで、『透明人間』は『ジーキル博士とハイド氏』をモデルとした恐怖小説であることが述べられている。[7] したがって本章では、物語レベルにおける直接的な影響関係ではなく、それとは別のところ、すなわち、作品中で明示的に書かれていないにもかかわらず両作品を読んだ人たちが経験的に感じただろう共同体的不安の源泉と現場について考察を加えようと思う。

図7 「アイルランドのフランケンシュタイン」

　ここで一八四一年に創刊された、中産階級の比較的保守的な人々を読者層とした雑誌『パンチ』の一八四三年一一月四日号を見てみると、そこにはまるでカルー卿の殺害場面を視覚化したかのような版画（図7）が掲載されており、アイルランドの大英帝国からの政治的独立を要求したリピール運動の指導者ダニエル・オコンネルが「アイルランドのフランケンシュタイン」として怪物化させられている。サルのような野蛮人として描かれているオコンネルが杖で英国紳士に襲い掛かっており、谷内田浩正が指摘しているように、この図像は「サルのように」暴れ狂うハイドの凶行の場面を先取りしている印象を与える。『ジーキル博士とハイド氏』の執筆に当たり、スティーヴンソンが、彼自身の生まれる以前に描かれた「アイルランドのフランケンシュタイン」のイメージを借用したかどうかは定かではない。直接的な引用関係の帰結として『ジーキル博士とハイド氏』の暴力場面をとらえるのではなく、『ジーキル博士とハイド氏』のイメージがその文化的流通網において、どのような歴史的文脈を構成しているかを探ることによってこそ、私たちはより興味深い言説空間の広がりを目にすることができるのではないだろうか。『ジーキル博士とハイド氏』は『パンチ』の一八八八年八月一八日号に掲載された「ドクター・マクジーキルとミスター・オハイド」（図8）において、ジーキルとハイドがそれぞれ「マク」や「オ」といったアイルランド人の姓の一部と結合させられて、アイルランド表象の一部として今度は逆利用されることになる。[8] ハイドの表象をめぐる歴史的文脈は時代が下るにつれて、明示的にアイルランドの政治的表象の磁場へと導かれていることがわかる。

そうすると、私たちは『透明人間』のウィックスティード殺害の場面に単にカルー卿殺害との類似という文学史上のパロディを見るに留まらず、それを通してアイルランド人とテロのイメージが融合した暴力的場面の流通の現場に立ち会うことになるのではないだろうか。アイルランド絡みの暴力事件についてさらに言及すれば、一八八二年五月にフェニックス・パークにおいて政府の要人フレデリック・キャヴェンディッシュ卿とT・H・バークの二人がアイルランドの秘密組織インヴィンシブルズによりナイフで暗殺された事件も発生している。爆破事件のみならず、いつどこに潜んでいるのかわからない暴力行為とアイルランドの強い結びつきは、今そこにある危機の噂を

DR. M'JEKYLL AND MR. O'HYDE.

図8「ドクター・マクジーキルとミスター・オハイド」

人々に広めるのには十分だったはずである。[9]

不可視の恐怖心理

透明人間グリフィンは、ケンプ博士の協力を得るために「だから透明人間は、ケンプ君、今こそ恐怖による支配を打ち立てなくてはならんのだよ。そうさ——確かにびっくりするようなことだが、本気さ。恐怖による支配だ」と説得を試みる。[10] グリフィンは彼自身の暴力を「恐怖《テロ》による支配」（“the Reign of Terror”）として位置づけ、強調している。この「恐怖《テロ》による支配」という言葉の起源は、フランス革命におけるジャコバン派が支配権を握った時期の政治体制にあるわけだが、ここではもとの意味ではなく、一九世紀後半の新聞記事や噂のなかで語られる事件へと読者を誘導する効果をもつことになる——一握りの読者にとってはグリフィンとロベスピエールを重ね合わせ、グリフィンの末路を予期させる言葉としても働くかもしれない。[11] 不可視の人物が引き起こす見えない心理的恐怖、予測不能である潜在的恐怖は、恐怖の質それ自体が当時のアナーキストの爆弾テロの潜在的恐怖、すなわちいつどこで襲われるのかわからないという恐怖と同質のものであり、不可視のグリフィンは人々を支配するためにその恐怖心理を利用しているともいえる。

村人によるさまざまな詮索とは、パッチワーク的な身体のよそ者を、彼らの物語によって、認識可能なものとして囲い込もうとする同定作業でもあったが、それは皮肉なかたちで実を結ぶ。結局、グリフィンは彼らの他者認識の隔離作業によって、彼らにとって納得のいく他者像──実際には都合の悪い他者像──に読み替えられてしまうからである。その結果、物語前半では村人同士の語りの対立であったものが、物語半ば以降、語りの対立は、グリフィンとケンプ博士のそれへと編成し直されていく。帰属先を奪われ、身体の可視化の希望も奪われたグリフィンによる回想と宣言は、奪われた主体性の回復──他者によって語られた物語の奪還および自らの語りの正当性の主張──を意味する。これに対し、紳士然とした態度のケンプ博士は「恐怖による支配」を提案するグリフィンを理性的に懐柔しようと試みる。ケンプはグリフィンに欠けている倫理道徳観をもち、正義感も強く、グリフィンとは正反対の人物として描かれており、この二人は科学者の善と悪を体現するいわゆるダブルの存在でもある。[12] 理性的なケンプをグリフィンと対置させることにより、正義を透明人間と対決する側にあるとしているようにも見える一方で、正義の側にあるはずの人々が、恐怖により抑制のきかない暴力的な集団へと簡単に転じてしまう描写には、風刺的な側面もあると考えてよいだろう。

ケンプが「どうして人類を敵に回そうとする？　幸せにはなれないぞ。一匹狼になるな。君の成果を発表するんだ。世界に——せめてこの国に——打ち明けるんだ」とグリフィンを説得するところで、「君の成果を発表するんだ。世界に」の後にわざわざ「せめてこの国に——打ち明けるんだ」と言い添えている点を踏まえると、善悪のダブルそのものが一九世紀の大英帝国の政治的な駆け引きと響き合っているように思える。[13]

白と黒の共存

透明人間が日常生活を送るとしたら、身体の可視化のために帽子、外套、手袋に加えて色眼鏡や包帯を身につける必要に迫られる。しかし他者性を隠蔽《いんぺい》するためのこうした小道具によって、グリフィンは視覚的な怪人と化し、また別の他者性を帯びてしまうというジレンマに身を置くことになってしまう。私たちは他者の正体が判然としないときに、ある種説明し難い不安を感じてしまうが、『透明人間』ではこの種の不安が物語展開の原動力なり、グリフィンの平穏を妨げるさまざまな詮索へと発展する。潜伏中のアナーキスト説についてはすでに論じたとおりであるが、なかには謎の怪人物である彼を、白人と黒人の混血だとする次のような説も挙がっている。

「お前が言っている男ってのは、俺の犬が噛み付いたやつのことなんだが――やつは真っ黒けだぜ。少なくとも足は真っ黒け。ズボンや手袋の裂け目から見えちまったんだけどよ。ピンクがかった肌が見えるはずだろ?――ところがそうじゃない。なかは真っ黒け。俺の帽子と同じくらいに」

「へぇ!」ヘンフリーは言った。「そりゃ変だ。鼻はペンキで塗ったみたいにピンク色だったぞ!」

「確かにそうだ!」ファーレンサイドは言った。「それは俺も知ってる。俺の考えでは、あいつの肌はブチだってことだ、テディ。こっちは黒であっちは白――斑《まだら》になってるんだろうよ。それが恥ずかしいってんだろ。あいつは混血で、色が混ざらないで斑模様になったってわけ。そういった話を以前聞いたことあるんだ。馬なんかじゃ普通にある話だろ」[14]

この子どもじみた突拍子もない説についても考えるべき点はある。怪人を見た人々が彼のなかに不気味さを感じ、膨らませた想像力から生じたこの会話は、彼らにとっての危険な他者性を暗に示すものかもしれないからである。

一九一一年出版の『ブリタニカ百科事典』第一一版における「ケルト」の項目には「フランス、英国、アイルランドの色黒の人々を〈黒いケルト〉と呼ぶのが慣用となっている」とあり、当時、一般論としての〈黒いケルト〉像が存在していたことが記述されている。[15]文学作品を覗いてみると、アーサー・コナン・ドイルの『失われた世界』(一九一二年)のなかで次のようなやりとりがなされている。


彼は私の突然の訪問に苛立つよりも、むしろ興味をもったようだった。

「丸い頭だ」彼はつぶやいた。「短頭、グレーの瞳、黒髪。ニグロイドの特徴を示している。ケルト人かな?」

「アイルランド人です、先生」

「根っからのアイルランド人かね?」

「はい、先生」[16]

ここで先生というのはチャレンジャー教授のことである。古生物学者という教授の専門性が、

図９　「時の翁による蝋人形館案内」

読者に対してそれなりの科学的説得力を請け合うかたちで、当時流布していた黒人としての〈黒いケルト〉のイメージが利用されていると考えてよいだろう。『パンチ』の一八八一年一二月三一日号に掲載された版画（図9）では、蝋人形館の枠組みを用いて、右手に銃、左手にダイナマイトを抱えた、その特徴的な帽子から、フィニアンと思しきケルト系アナーキストの蝋人形が図像化されている。同じ図像中でこのアナーキストと共通点を有するのは、そのすぐ隣に立って横のアナーキストの蝋人形を見つめている黒人の蝋人形である。アナーキストの蝋人形の顔の半分以上が黒く表現されているのは覆面のためであるが、この図像ではその覆面の下から覗く唇が隣の黒人の蝋人形と同じように厚ぼったく表現され、これらが並置されることによって両者の類似性（覆面の下の素顔は黒人かもしれないということ）が強調されているのを見て取れる。こうした歴史的言説や表象を踏まえると、グリフィンの身体における白と黒の共存は、村人の目を通して透明人間を当時のアナーキストをめぐる人種的なイメージへ導いたといえるのだが、その後、ケンプを前にして「あくせく研究したさ――黒ん坊みたいにね」と語るグリフィンは、他者によってあれこれ想像された人種に関する物語を、自らの物語によって上書きしているともいえる。[17] ケンプとの邂逅《かいこう》において、グリフィンは自身がアルビノであることを読者に明かしている。[18] これに続いて打ち立てられる「恐怖による支配」という流れをみると、過剰な黒と白の再度の強調によって、グリフィンのテロ行為に欠かすことのできない準備が整ったということになるのかもしれない。

恐怖のなかの笑い

グリフィンは不可視の身体から何の利益も得られず、むしろ不自由を感じ始めたため、身体をもとどおりに戻す実験に没頭する。後の回想で明らかにされることは、不可視の身体のためにグリフィンが被った災いの数々である。自分の足の位置がわからないがゆえの階段を下りる苦労、街に出れば群集がぶつかってきて体のあちこちが痣《あざ》だらけになる辛さ、足跡を消せないために好奇心旺盛な少年たちの関心を引いてしまったこと、匂いを嗅ぎつける犬の存在、そしてそもそも冬の寒空の下を靴すら履かずに真っ裸で歩き回ることの無謀さ、こうした災難が悲壮感すら漂う語りで回想される。

『透明人間』には不可視というテーマに伴って生じる利益と不利益が描き込まれているため、テクスト中には恐怖と笑いの双方が同居している。恐怖と笑いの同居は、物語を展開させるための対比的な効果を生み出し、同時代の爆弾テロの脅威を提示しつつも、脅威となる存在の権威を失墜させる力をもちあわせている。しかも『透明人間』では、こうした笑いを引き起こす挿話は「恐怖による支配」とともにグリフィン自身により大真面目に語られるため、自ら進んで権威を失墜させる破目になっている。誰もが考えつきそうなプロットではなく、計画の頓挫から暴挙にいたるプロットの採用には、なぜもとの姿に戻らなければならないのかという説明が必要となるが、変装によって墓穴を掘ったグリフィンは、今度は自らの語りによって、『透明人間』を恐怖の物語からブラックユーモアに満ちたコメディへと変えてしまう役目を担うことになる。この物語におけるテロの封じ込めは、人々によってグリフィンに加えられる暴力ではなく、笑いの力に依拠したものとなっているといえるだろう。
爆弾テロの脅威が笑いへと転換する場面は、オスカー・ワイルドの「アーサー・サヴィル卿の犯罪」（一八九一年）のなかにも見られる。アーサーは彼の手のひらに殺人の相が刻まれていることを評判の手相術師ポジャースに指摘される。不幸な秘密と運命を携えたまま、愛しいシビルと結婚することはできないと考えたアーサーは、結婚の延期を申し出る。そしてこの絶望的な運命から解放されるために、結婚する前に殺人をとっとと実行してしまうことだという思いにいたる。彼が実行を企てたのは時限爆弾による殺人であり、自由の女神が独裁の蛇を踏み潰している金メッキの像が乗っている可愛らしいフランス製の置時計（時限爆弾）をおじでもあるチチェスターの主席司祭に送りつけるというものだった。しかし結果は次の手紙のとおり。

先週の木曜日に、パパを尊敬している見ず知らずの方から置時計が贈られてきて、大変愉快な思いをしました。それはロンドンから木箱に入れられて配達されたのですが、元払い《もとばら》になっていました。「放縦《ほうしょう》は自由か？」というパパの素晴らしい説教を読んだ方が贈ってくれたに違いない、とパパは考えています。というのも、その時計のてっぺんに女性の像がついていて、パパが言うには、自由の女神の帽子を被っていたからです。私には女性の像に帽子が似合っているようには思えなかったのですが、パパによれば歴史に基づくものだそうだから、差し支えないのでしょう。パーカーが箱を開けて、パパが書斎の暖炉の上にそれを置きました。金曜日の朝にみんなで座っていると、時計が一二時を打ったちょうどそのとき、ブーンという音とともに像の台座から煙がポンッと吹き出てきました。それで落っこちた自由の女神様は、暖炉の格子にぶつかって、鼻が台無しになってしまいました！　マリアは驚き心配しましたが、とても滑稽に見えたので、ジェイムズと私は爆笑してしまい、パパまでもが面白がっていました。調べてみると、それは目覚まし時計の一種で、特定の時刻にセットして小さな撃鉄の下に火薬を少し入れた雷管を差し込めば、好きな時刻に破裂させられる仕掛けだということがわかりました。パパがそんなうるさいものを書斎には置いておけないと言ったため、レジーが勉強部屋に持っていき、朝から晩までずっと小さな爆発を起こして遊んでいます。アーサーの結婚のお祝いに、同じものを贈ったら喜ぶでしょうか？　ロンドンではこういうものが流行っているのですね。パパはこういうものは大変ためになると言っています。この時計は、自由は永続せず、崩れ落ちるということを示しているからだそうです。パパいわく、自由はフランス革命のときに発明されたとのことです。なんて厳粛なものでしょう！[19]

ここでは時限発火装置が熱烈な信者からの贈り物と勘違いされたうえに、故障によって子どものおもちゃと化してしまい、その脅威は笑いのなかに回収されている。[20] この引用の後半部分はこう手が込んでいる。時限発火装置を新しい玩具と勘違いしたジェーンは、「ロンドンではこういうものが流行っているのですね」と述べており、ダイナマイト爆破未遂がロンドンにおける〈流行り〉の新型玩具を語る文脈に置き換えられている。また、その直前の文章では「アーサーの結婚のお祝いに、同じものを贈ったら喜ぶでしょうか?」という提案もなされている。こうした笑いの喚起による恐怖の無効化を徹底させたうえで、フランス革命に対する言及まで忍び込ませ、起爆装置と同時にテロの起源さえ、笑いで囲い込んでしまう。

G・K・チェスタトンの『木曜日だった男』(一九〇八年)ではこうだ。ヨーロッパ無政府主義総評議会の会合の潜入捜査に成功した主人公サイム(コードネームは木曜日)は、アナーキストの親玉である日曜日というコードネームの男から、一般市民の恐怖を無効化するための珍妙な計画を聞かされる。アナーキストがアナーキストの真似をして街に繰り出せば、誰も彼らのことを本物のアナーキストだとは思わないだろうというのである。実際、小説中、日曜日の目論見どおりに、ホテルの給仕はアナーキストが会合を開いているとは思わず、愉快な紳士らが悪乗りしていると勘違いし、彼らを見て楽しんでしまう。さらには、『木曜日だった男』は物語それ自体を笑いに帰すかたちで幕を閉じる。恐怖心理を利用するテロに対して、より大きな力で対抗するのではなく、その心理をどうリサイクルするのかが作家たちの腕の見せ所だったといえるだろう。

終わりと続き

『透明人間』の物語は、グリフィンを亡きものとして封じ込めるのに成功した場面で終わってもよいはずなのだが、その後にエピローグが続いている。ただし一八九七年に『ピアソンズ・ウィークリー』で連載されたヴァージョンおよびイギリスで出版されたピアソン版には、現在流通している版とは違い、エピローグが付与されていなかった。アメリカでの初版であるアーノルド版とイギリスのピアソン版の第二版からエピローグが追加され、さらなる物語の可能性が提示されたということになる。エピローグでは、不可視の妙薬に関する調合の秘術は浮浪者の手に渡り、この浮浪者が表向きには村人と同化したふりをして、夜な夜な秘密のノートの解読に耽る姿が描かれている。憐れな最期を迎えたグリフィンの姿は無害化させられたアナーキストの姿ともいえるが、追加されたエピローグは、アナーキストの無害化が一時的に過ぎないことを暗示してもいる。一人のアナーキストは無力化されるも、ダイナマイト起爆装置の知識が残り、爆破事件が続くのと同様に、グリフィンが死すとも、人々を恐怖に陥れた不可視の知識は三冊のノートにしっかりと記されたまま、解読される日を待つことになる。

このエピローグは別の他者――社会のはみだし者――の存在を提示しているものの、彼がこの薬の調合方法を解き明かしたとき、それをどう利用するかは結局語られない。エピローグの追加によって、物語の締め括りはテロの封じ込め完了から、オープン・エンディングに転じたということになる。読者は、登場人物たちの語りをめぐる闘争を優位な立場から眺めていたのだが、このエピローグは、読者が獲得した優位を転覆させ、そこから引きずりおろそうとしているようにも見える。しかしグリフィンが被った数々の厄災と彼の無謀さを思い起こしたとき、読者にとって、新たな透明人間の心理的な封じ込めはすでに完了してしまっているといえるだろう。

注

[1] Chris Baldick, *In Frankenstein's Shadow: Myth, Monstrosity, and Nineteenth-century Writing* (London: Clarendon, 2001), 162.〔クリス・ボルディック『フランケンシュタインの影の下に』谷内田浩正、西本あづさ、山本秀行訳、青土社、一九九六年〕

[2] Ibid., 162.

[3] H. G. Wells, *The Invisible Man*, ed. Patrick Parrinder (London: Penguin, 2005), 22-23.

[4] Charles Townshend, *Political Violence in Ireland: Government and Resistance since 1848* (Oxford: Clarendon, 1983), 166. "Dynamite and Dynamiters," *The Strand Magazine: An Illustrated Monthly* (Jan. 1894): 122. 富山太佳夫『ダーウィンの世紀末』青土社、一九九五年、一六〇頁。

[5] Wells, *The Invisible Man*, 131.

[6] Robert Louis Stevenson, *The Strange Case of Dr Jekyll and Mr Hyde and Other Stories*, ed. Jenni Calder (London: Penguin,1979), 46-47.

[7] Simon J. James, *Maps of Utopia: H.G. Wells, Modernity, and the End of Culture* (Oxford: Oxford University Press, 2012), 74.

[8]『ジーキル博士とハイド氏』とアイルランド表象については谷内田浩正「猿のようなケルトの肖像——一九世紀アイルランドをめぐる図像と言説」『ユリイカ』(青土社、一九九一年三月号、一七六—九三頁)を参照。

[9] Townshend, *Political Violence in Ireland*, 166. なおジーキル博士の友人ラニオンの住所はロンドンのキャヴェンディッシュ通りという設定であり、キャヴェンディッシュ卿の暗殺事件を想起させる。

［10］Wells, *The Invisible Man*, 125.

［11］「フランス革命における一七九三年から九四年の時期を指し、この時期、マクシミリアン・ロベスピエールが支配権を握っていた公安委員会により何千もの逮捕と死刑執行が繰り返された。」Andy Sawyer, "Notes," *The Invisible Man* (London: Penguin, 2005), 159.

［12］Linda Dryden, *The Modern Gothic and Literary Doubles: Stevenson, Wilde and Wells* (Hampshire: Palgrave Macmillan, 2003), 173.

［13］Wells, *The Invisible Man*, 125.

［14］Ibid, 20.

［15］"Celt." *The Encyclopædia Brianica.* 11th ed. 1911. 三好みゆき「イングランドにおける『ケルト』像——雑誌記事を中心に——」『ケルト復興』中央大学人文科学研究所編、中央大学出版部、二〇〇一年、二四三—二四四頁。

［16］Arthur Conan Doyle, *The Lost World and Other Thrilling Tales*, ed. Philip Gooden (London: Penguin, 2001), 31.

［17］Wells, *The Invisible Man*, 89.

［18］Ibid, 79.

［19］Oscar Wilde, "Lord Arthur Savile's Crime," *Complete Works of Oscar Wilde*, ed. J. B. Foreman (New York: Harper Perennial, 1989), 188.

［20］富山太佳夫『ダーウィンの世紀末』（青土社、一九九五年）所収の論考「ダイナマイトを投げろ」が恐怖の無効化のレトリックについて論じている。「アーサー・サヴィル卿の犯罪」については同書一六二—一六三頁を参照。恐怖の無効化については、山本卓「無害な脅威——『ダイナマイター』におけるテロリズムと虚構」『金沢大学人間社会学域学校教育学類紀要』（第一号、二〇〇九年、一一一—一二〇頁）にも詳しい。

第四章　ロマンティック・サイクリングの展望――『偶然の車輪』

サイクリングブーム到来

サイクリングの歴史は一八世紀の終わりにまで遡ることができるが、一八五〇年代になっても人気はほとんどなかった。それが中産階級の男性のレクリエーションとなり始めるのは一八六〇年代に入ってからのことである。より速く走るために改良されたとはいえ、一八六〇年代に登場したペダルが前輪についているヴェロシペード（イギリスではボーンシェイカーと呼ばれた）や一八七〇年代に普及した、前輪が後輪よりもかなり大きいペニー・ファージングといった自転車にはいまださまざまな制約があり、扱いにくいものだった。こうした自転車の形態が、現在のような形に改良されたのは一八八〇年代である。ジョン・ケンプ・スターリーが前輪と後輪を同サイズへと改良し、一八八五年にそれをローヴァー安全自転車として製品化した。また一八八八年にはジョン・ボイド・ダンロップが、それまでの硬いゴム製タイヤよりも優れた空気タイヤを考案した。[1] こうした改良により、自転車は輸送手段およびレクリエーションのための道具として重宝されるようになった。一八九四年からはサイクリングがイギリスで男女両性の間に広まり始め、一八九五年には、バタシー・パークやハイド・パークといった公園は、サイクリストが集まる場所となった。自転車の専門雑誌も多く登場し、一八九六年には雑誌『サイクリング』が週に四万一〇〇〇部以上の売上を記録するほどの熱狂ぶりだった。一八九七年にノッティンガムで開催された最初の自転車ショウには、二万七〇〇〇人以上の客が会場に詰めかけた。一八九八年初頭にはサイクリングを楽しむためのクラブがイギリス国内で二〇〇〇以上設立され、そのうちのおよそ三〇〇がロンドンにあった[2]。

ウェルズもまた、一八九五年に始まったサイクリングの爆発的な流行に乗ったうちの一人だった。ウェルズは『宇宙戦争』執筆の地理的下調べの際に自転車を活用しただけでなく、まさにその流行の最中に、サイクリングそのものをロマンティックな恋物語『偶然の車輪』(一八九六年)として小説化している。仕立屋に住み込みで働くその小説の主人公の青年フープドライヴァーは、休暇を利用して一人で自転車旅行に出発する。道中でジェシーという家出少女を悪漢ベシャメルの手から救い出したことによって、それ以降、フープドライヴァーは彼女と行動をともにすることになる。『偶然の車輪』は、ベシャメルやジェシーのおばといった追跡者を撒《ま》く彼らの束の間の逃避行をイングランドの田園地帯を舞台にして描いたサイクリング小説である。

『タイム・マシーン』、『透明人間』、『宇宙戦争』といった科学ロマンスを集中的に執筆していた一八九〇年代半ばのウェルズに、科学性とは無縁のサイクリング小説を書かせたのはなぜだろうか。ウェルズ自身がサイクリングの虜となっていたことは確かな事実であるが、この小説の存在意義は流行に乗った個人の趣味の長編小説化にあるとするだけでは物足りない。本章では、ウェルズが科学ロマンス作家としての黄金期に、わざわざ時間を費やしてまで牧歌的なサイクリング小説を執筆したことの意味を考えることにする。

田園描写と解放感

『偶然の車輪』は一種の冒険小説であるとともに、主人公の内面の成長を描く教養小説《ビルドゥングスロマーン》の系譜に位置づけることができるかもしれない。物語にこうしたジャンル横断的な世界観を提供している自転車の果たす役割は大きい。『偶然の車輪』は海賊物語のような大海の冒険でもなく、大陸を周遊する壮大な物語でもなく、イングランドの地方を周遊する物語となっているが、自転車の疾走感と解放感は特筆すべきものだろう。『偶然の車輪』以前、旅ものの多くは徒歩の旅を描いていたため、移動の速度そのものは『偶然の車輪』における自転車のそれとは比較にならない。鉄道旅行が、定められた線路の上を走り続け、乗客はただ座席に座ったまま風景を眺めているのに対し、自転車旅行はより能動的であり、自らの選択によって、道中の自然を満喫することもできた。フープドライヴァーがノースチャペルで地図を広げ、行程を検討する場面を見てみよう。

ペットワースが休憩に良さそうな場所に思えるが、パルバラも良さそうだ。ミッドハーストでは近すぎるし、ダウンズを越えた辺りでは遠すぎるようだったため、横たわって休んだり、ぶらぶらしたり、野花を摘んでどうしてこれらの花には名前がないのだろうと考えたり——というのも彼はこれまでにそういった花の名前を聞いたことがなかったためである——人目を気にして摘んだ花をこっそり捨てたりしながら、ほとんどは「のらくら」しつつペットワースまで進んでいった。生垣の紫色をしたオオカラスノエンドウ、シモツケソウ、スイカズラ、遅咲きのキイチゴが咲いていた——ヨーロッパノイバラはもう枯れていたが、赤色や緑色をしたブラックベリー、ハコベ、タンポポ、別の場所にはオドリコソウ、トラベラーズ・ジョイ、服にひっついてくるヤエムグラ、花をつけているイネ科の草、ホワイトキャンピオン、ラギッドロビンが咲いていた。あるとうもろこし畑は、鮮やかな緋色や紫がかった白いケシの花を壮麗に着飾り、青紫色のヤグルマギクが咲き始めていた。[3]

引用の前半では、フープドライヴァーの動作に関心の中心があるように見えるが、後半では、周囲の自然に関心の的は移る。前半部に描かれているさまざまな動作は文章自体をだらだらと引き伸ばしており、そのため何かの目的に向かって直線的に進行している印象を受けない。のらりくらりとした文体は、のんびりとした終着点を気にしないようなフープドライヴァーの意識と呼応するかのようでもある。ところが前半部に特徴的だったある意味で過剰な動作の描写から一転、引用後半ではその代わりに名詞の過剰さが突出してくる。次から次へと植物名が詰め込まれるセンテンスそれ自体が自然の生命力や豊かさを示すとともに、それは草花に関する無知を暴露されたフープドライヴァーを圧倒しているようでもある。鉄道旅行では自由に下車できないため目に留められなかった自然空間だったが、サイクリングでは風景のなかを疾走することもできるし、速度を落として景色を楽しんだり、自転車を降りて少憩したりすることもできる。『偶然の車輪』では自転車の疾走感が強調されるだけでなく、自然描写が物語に彩りを添えている。いや、むしろ本作中に似たような場面がいくつも存在することを考えると、こうした、センテンスを覆い尽くすかのような自然描写なくして『偶然の車輪』の物語は成立しないともいえるだろう。

仮定法とリアリズム

日常生活から離れる旅行そのものが心身に解放感を与えるものではあるが、田園の自転車旅行からは格別の解放感が得られたことだろう。それ以前と比較すれば、一日に移動する距離は徒歩よりも伸び、行動の範囲は広がり、知らない土地へも行きやすくなった。自転車で遠出するにはヴィクトリア朝のお上品な服装は不向きだったため、合理服と呼ばれるニッカボッカーズやブルーマーを履く女性も現れた。当初、自転車愛好家は、その奇抜な服装のため保守的な人々から白眼視されたり、嫌がらせを受けたりしたが、上流階級から労働者階級まで多様な人々が比較的似たような格好で自転車に乗ったことにより、階級を越えた連帯感が生まれた。すなわちサイクリングは空間的な解放感とともに、自らの所属する階級から一時的に抜け出す解放感を与えてくれたのである。[4]

フープドライヴァーとジェシーの逃避行はこの二つの解放感を拠り所として展開されている。自らが所属する階級からの一時の解放感は、フープドライヴァーの場合、他人になりきってみるという行為に表れているようだ。空想のなかで、シャーロック・ホームズになりきり気分を良くするのに飽き足らず、フープドライヴァーは植民地の南アフリカからやって来たと虚言を弄《ろう》し、世間知らずの少女ジェシーの胸を高鳴らせる。しかし解放感からついた悪意のない嘘を楽しんでいたフープドライヴァーは、むしろこの嘘によって理想と現実の乖離――植民地の逞しい青年のイメージと下層中産階級の店員という現実の隔たり――を常に意識せずにはいられなくなる。『偶然の車輪』は解放感に満ちていることは確かなのだが、ロマンティックでありつつも、フープドライヴァーにとっては「もし～だったなら」というセンチメンタルな仮定法の物語ということにもなるだろう。こうした仮定法的な物語の素地は、小説の冒頭から読者に提示されている。

もしあなたが（次のことをする性別だとすれば）――もしあなたがドレイパリー・エンポリアムという形態の――実際にはただ店構えが豪華なだけの服地店の形態である――パトニーにあるアントローバス商会――ちなみにこれは完全に架空の会社――を一八九五年一〇月一四日に訪れ、店内を右側に、つまり青色やピンク色の模様をした生地の吊るしてあるレールの位置まで白リネンやブランケットが高く積まれた場所に回れば、あなたは今始まろうとしている物語の中心人物によって接客されたはずでしょう。[5]

『偶然の車輪』の第一章「この物語の主人公」はこうして始まる。前半部ではアントローバス商会について、語り手がまるで今思い出したかのように、次から次へと情報が付加的に示されていくような印象を受ける。一方、後半部では挿入は消え、語と語の密集感が増したことからも、ものが溢れる店内の様子が窺えるのではないだろうか。英文で一一行にも及ぶこの冒頭の一文には、前半と後半における書き方の違いはあるにせよ、文中にできるだけ情報を詰め込もうとする意図が見受けられる。情報の過剰性のなかで気づくことは、そこにパトニーという実際の地名や一八九五年一〇月一四日という日付が入っていることであり、仮定法を使用しつつもこの物語がある種のリアリズムを志向している点だろう。

リアリズムの世界観を始めに構築しようとするこの物語において、主人公フープドライヴァーがどのような登場の仕方をするのか見ていこう。ここでは、来店したあなた＝読者に対して接客してくれる一人の店員が、本小説の主人公であると最初に教えられる。この次に彼の容姿や接客態度が紹介された後、小説論のような話が続き、その小説論に基づいて主人公の足の傷に関して事細かに描写される。その描写が終わると、足の傷の原因となった自転車の練習風景が示されて第一章は幕を閉じる。あらすじとしてまとめてみたときには抜け落ちてしまうことだが、足の傷について詳細に記述されるにもかかわらず、数頁に及ぶ第一章の間に主人公フープドライヴァーの名前が一度も登場しないというのはどういうことだろう。そこでは「主人公」、「中心人物」、「彼」といった言葉が使われているだけである。第一章全体から第二章の冒頭にかけて語り手はフープドライヴァーの周囲を旋回しつつも、なかなか主人公＝フープドライヴァーであることを読者に示そうとしない。そこにはリアリティに繋がる実在の地名、日付、細かい描写に反するある種ぼんやりとした感覚が付きまとっている。このぼんやりとした感覚はそのままフープドライヴァーの白昼夢へと続いていき、そこから現実の世界に引き戻された際に、初めて主語としてのフープドライヴァーが登場する。

フープドライヴァーの物語の始まりを覆っているぼんやり感は、文体から見ると、仮定法の多用と関係しているようにも思える。読者を読者自身とは異なる別の人物に仕立てる仮定法から物語は始まるわけだが、フープドライヴァーという気の弱い男が、サイクリングの解放感から、シャーロック・ホームズや植民地南アフリカの牧場主の青年といった他人になりきって行動する物語の基調は、仮定法の世界にぴったりではないだろうか。物語の始まりの、主人公についてのぼんやりとした感じは、アイデンティティに関する虚実を行ったり来たりする冒険の雰囲気作りとして意識的に採用されているといってもよいだろう。実在する場所や日付を組み込んだリアリスティックな感覚と仮定法、さらには「ちなみにこれは完全に架空の会社」という挿入部の空想的感覚が同居する冒頭の書き出しの理由は、そこに求められるのではないだろうか。

意地悪な作者と語り手

物語の半ばで、フープドライヴァーはジェシーに自分がどこからやって来た何者なのかを当てさせる。ジェシーが「南アフリカじゃないかしら。そう思うの」と言うと、フープドライヴァーは「南アフリカは広大なところですよ」と返す。それに対しジェシーは「南アフリカは正解?」と詰め寄る。こうしたことをもう一度繰り返した後、フープドライヴァーは微笑みかけながら頷くことによって、自らが南アフリカ出身であることを認める。[6] 積極的にジェシーを騙そうとする意図はなかったとはいえ、結局、フープドライヴァーは世間知らずの少女に嘘をついてしまうことになる。

作者ウェルズは、外国になど行ったこともない下層中産階級の男に南アフリカの生活を意気揚々と語らせる。しかしそのなかでウェルズは、ジェシーが感銘を受けたオリーヴ・シュライナーの『アフリカ農場物語』さえもフープドライヴァーは未読であることが、フープドライヴァー自身の台詞から読者に暴露するように会話を組み立てている。ジェシーはこの点に関しては何も感じていないようだが、真実を知っている読者からすると、フープドライヴァーの南アフリカについての知識は、新聞、雑誌、はたまた噂話で仕入れた薄っぺらな知識のように映る。面白いのは、「(読者の皆さん、この男はロンドン郊外出身なのです)」と語り手が二人の会話に割って入ったり、ジェシーに「私なんてパリとメントーンとスイス以外、イングランドから出たことがないんです」と言わせてみたりといったような、テクストの語り手と作者の意地の悪い結託に気づいたときに、読者が騙されているジェシーよりも妄想癖のあるフープドライヴァーに対して哀れみを感じてしまうところかもしれない[7]。現実から抜け出すためのフープドライヴァーの空想は、このようなかたちで、読者にとってある種のセンチメンタルな感覚を呼び起こす。物語が終わりに近づき、ジェシーとの別れも間近になるにつれ、自分の正体を明かすべきかどうかフープドライヴァーは悩み始める。その葛藤を通して、階級を越えた連帯感が、サイクリングによる非日常の時間と空間のなかでの出来事だということに改めて気づかされる。

男になるために

日常から非日常へと飛び出したフープドラヴァーではあるが、たびたび階級的あるいは身体的コンプレックスを感じさせる出来事に遭遇し、現実に引き戻される。自転車旅行の始めのほうで、パンクしたタイヤを修理中の男にサイクリスト同士の連帯感を期待して話しかけたところ、「油臭い労働者め」と突き放されてしまうところは、フープドライヴァーの今後の自転車旅行の厳しさを予感させる。[8] こうした描写を通して、作者がフープドライヴァーの現実を読者に垣間見させようとしていることは間違いないだろう。下層中産階級のフープドライヴァーが労働者階級というレッテルを貼られることは、この小説の物語上どのような意味をもつのだろうか。

後期ヴィクトリア朝時代においては、下層中産階級は脆弱な身体として描かれることが多かった。下層中産階級を写実的に描き出す才能に長けていたジョージ・ギッシングは、一八九四年の短編「傘の下で」において、シティで働く主人公の事務員ジョナス・ウォーブリックを描いている。[9] 身長わずか五フィートしかないジョナスの悲願は「男のなかの男になること」

である。[10] ところが、ごろつきに暴力を振るわれている女性を見かけても止めに入る勇気がなかったジョナスは、それ以来、男らしさとは腕力や「身体的勇気」(physical courage) にあるのではないという考えに固執する。[11] ギッシングは、身体のコンプレックスをもつジョナスに「男のなかの男になる」機会=試練を与える。夕闇のなか、ジョナスがテムズ川に沿って歩いていると、雨が降り始める。傘を持っておらず、雨に濡れている若い女にジョナスは気づく。女の顔ははっきりと見えないが、ジョナスは彼女に傘を差してやる。二人はひとつ傘の下、雨のなかを歩き始める。ガス灯のもとに来てジョナスはハッとする。彼女がかつての恋人ミリーだったことに気づいたからだ。彼女もまた、男がジョナスであることに気づく。ジョナスは今でもどれだけ彼女を愛しているかを訴えるが、ミリーはすでに婚約者がいることを彼に告げる。彼女の話では、相手はいつも自分勝手な大男であり、必ずしもその相手との結婚を心から望んでいるわけではなかった。そのような相手にミリーを奪われるわけにはいかないジョナスは、男に立ち向かう決意をする。「彼は怒ったとき暴力的になるの。何をするかわからないし。それにあなたは彼よりとても小柄だわ!」というミリーの忠告を聞かずに、ジョナスは大男と対面する。[12] 案の定、大男を目の前にしたジョナスは背筋が凍り、口は乾き、激しい動悸がして、恐怖のあまり何もできずに、闇のなかへ消える二人をただ呆然と見送ることとなる。

「傘の下で」においては、愛する女性を身体的ひ弱さとそのコンプレックスのために失う下層中産階級の青年の哀愁が描かれている。身体のコンプレックスはフープドライヴァーにも共通し、鏡に映った自分の姿を見て「きちんと運動していたら、適切に食事をしていたら」と一人嘆く様子が仮定法で描写されている。[13] しかしテムズ河畔の下層中産階級の陰鬱な日常を描いた「傘の下で」と非日常の空間を鮮やかに活写したサイクリング小説では、物語の方向性はまったく異なるのではないだろうか。ジョナスが身体に自信がもてないがために何もできないまま想う人を奪われたのに対し、フープドライヴァーはジェシーを冒涜したチンピラ数人を相手に体を張って戦い、勝利する。フープドライヴァーは自身の武勇を誇らしげにジェシーに話すと、彼女から感謝の意を表され、「彼女が身体的勇気（physical courage）を最も高く評価していることがわかり心地良かった」と語られている。[14] フープドライヴァーが気を良くしているのは、美しい女性に格好の良いところを自慢できたからだけではない。フープドライヴァーの感情の高ぶりの理由は、「傘の下で」のジョナスとは違い、「身体的勇気」を手にすることができたことによるものだろう。気分を高揚させる非日常の空間が、下層中産階級の貧弱な男を大胆で勇敢な青年に変身させたのである。

ここでフープドライヴァーが労働者階級のレッテルを貼られたことについて話を戻そう。当時、労働者階級の男には二つのイメージがあり、ひとつは筋骨隆々たる逞しい男のそれで、いくぶんロマンティックに理想化されたものであり、もうひとつは都市のスラムに暮らす貧しい人々のイメージである。[15] 適切な食事や運動を欠いたフープドライヴァーの身体イメージは、明らかに後者のそれに近い。一九世紀後半には、イーストエンドやランベスといった貧民街のあらゆる種類の病が、その地区の境界を越えて国中に拡大することへの懸念があったことを考えると、パトニーというロンドン郊外の小さな町――フープドライヴァーが働く店のある町――は、都市、郊外、田園地帯といった三者関係において、都市の病がイングランドの田園地帯に蔓延するのを防ぐための空間的な役割を果たしてもいる。別の言い方をすれば、下層中産階級の人々が多く住む郊外は、都市の病が境界を越えて侵食してきたときに、真っ先にその負の影響を被る地域ということになる。ウェルズは無秩序に拡大するロンドンの姿を後の小説『トーノ・バンゲイ』(一九〇九年)のなかで「癌」のイメージを用いて表現しており、それが郊外へ迫る様子を不気味に描いている。都市のスラムに侵食されつつある郊外の住人が労働者階級というレッテルを貼られることには、階級縦断的な物語に潜む下方向への力の存在を見てもよいだろう。

図10 「ウィンドウ・スタディーズ」

田舎へ逃げろ

一八八九年七月六日号の『パンチ』の「ウィンドウ・スタディーズ」（図10）と題された版画は、都市ロンドンの大気汚染を「ロンドンの煤のハーモニー」と風刺している。こうした大気汚染の風刺画に加え、医者や社会評論家もまた大気汚染を取り上げている。医師ジョン・エドワード・モーガンの『大都市の急速な増加による人種退化の危険』（一八六六年）によれば、スコットランド西方の健康な人々が清々しい空気を吸っているのに対し、都市の虚弱な労働者にはそれが欠乏しているという。[16] 医師ジョン・ミルナー・フォザギルも『都市の住人』(一八八九年)のなかで同様の主張を展開している。

申し分のない体格を得るために、まず必要なもののひとつは、十分な量の新鮮な空気である。私の経験に照らしてみると、ウェストモーランド州に住み続けた者たちが健康的な生活を送り長生きした一方、ロンドンに移住した者たちが肺結核で比較的若くして亡くなっている家族の例を多く挙げることができる。しかし後者には、食べ物に困らず、悪天候に晒《さら》されることもないという利点がある。後者は悪天候に晒されないのである——運が悪いことに。もし悪天候に晒されていれば、彼らの寿命は延びたことだろう。新鮮な空気の不足こそがこの違いを生じさせたのである。[17]

こうした医学評論に加え、小説中でも似たような指摘を確認できる。「傘の下で」のミリーは貧困層地区ランベスの住人である。ミリーの身体はジョナスから見ても「彼女は痩せすぎだった。そのか細い体に潜在している美しさを引き出すには、一二箇月分の滋養のある食事ときれいな空気が必要だった」とある。[18] 貧困層はどうしたらこうした都市から抜け出すことができるだろうか。子どもに関していえば、田園の新鮮な空気を吸わせることを目的として、彼らを田舎へ連れ出す試みがしばしばおこなわれていた。二〇世紀初頭には、児童福祉のひとつとしてロンドンやブラッドフォードなどで、肺病、心臓病、貧血症、衰弱の激しい子どもたちの参加を募り、田舎で林間学校が実施された。[19]

とはいえ、社会福祉的な事業の恩恵を受けられる者はごく少数に限られていたため、他の大多数の者は自助努力によって都市の汚染された空気から身体を守らなくてはならなかったはずである。この点について、フォザギルは「私の考えでは、自転車は都市の住人にとって大きな恩恵である。自転車に乗れば、疲労も出費もなしに、短時間のうちに田園に赴くことができる。サイクリング中は人ごみから遥かに遠ざかり、清々しい空気を吸って、日光を浴びながら何時間も過ごすことができる」とサイクリングを礼賛《らいさん》し推奨している。[20] 応急処置のパイオニアとして知られる医師ジェイムズ・カントリーもまた『ロンドンっ子の退化』のなかで、自転車の効用についてこう述べている。

自転車や三輪車に乗れば、男も女も街を出て田舎道や野外へと素早く移動することが可能となる。その運動が心地良いのは、移動が高速であり、それが自分の力によるためである。運動という点において、街の住人にとってこれ以上だと考えられるものはなく、こうした優れた手段が与えられたことは幸運に思える。清々しい空気が不足している地域の外へ乗り手を運ぶとき、それは真に有益な運動となり得る。[21]

A WARNING TO ENTHUSIASTS.

図11　「熱狂的な人々に対する警告」

どちらも自転車の移動力の可能性に注目し、それを社会問題の解決に応用しようという主張である。

他方、こうした推進派とは考えを異にする保守派の医師たちは、自転車が引き起こすさまざまな疾病をことさら強調することによって対抗していた。彼らによれば、ペダルを懸命にこぎながらバランスをとることにより、緊張した表情が特徴的である「自転車顔」になり、汚く、埃っぽい、バクテリアに満ちた空気を吸って喘《あえ》ぐことにより、「自転車喉」になるという。また激しい乗り方や疾走によって脈が速くなると「自転車乗り心臓」になりうるとされた。[22]『パンチ』（一八八九年七月六日号）には「熱狂的な人々に対する警告」と題した、脊椎《せきつい》が変形した骸骨の図版（図11）も掲載されている。

これとは反対に、健康に関する過度に強調された言説が当然ながら自転車推進派のなかから登場する。シャーロック・ホームズ・シリーズで有名な自転車愛好家アーサー・コナン・ドイルによる「一人ぼっちの自転車乗りの冒険」（一九〇三年）を見てみよう。依頼人の女性ヴァイオレット・スミスの容姿を観察したホームズは得意の推理力を発揮して、彼女が自転車の愛好家であることを指摘する。

観念した様子でいくぶんうんざりした笑いを浮かべ、ホームズは美しい邪魔者といったその客人に椅子を勧め、抱えている問題を話すように言った。

「少なくとも健康の問題ではなさそうだ」と彼は鋭い視線を彼女に投げかけながら言った。「これほどまでに自転車に熱中されているわけだから、活力に満ちているに違いない」

彼女が驚いて自分の足に目をやったため、靴底の側面がペダルの端で擦れてザラザラになっているのが見えた。[23]

ホームズはこの自転車愛好家の女性の顔色に注目し、「田舎にお住まいですね、お顔の血色から推測するに」と指摘すると、スミス嬢は「はい、サリー州のはずれのファーナム近くです」と答えている。[24] 自転車愛好家で顔色が良い、そして田舎に住んでいるという後期ヴィクトリア朝時代から世紀転換期にかけて自転車肯定派が唱えた健康に関する言説の磁場の一部にスミス嬢は位置しているといえるだろう。ワトソンが、彼女がいつも自転車で通る田舎道の描写を物語中に挿入している。

昨夜の雨は上がり素晴らしい朝となり、ヒースに覆われ花盛りのハリエニシダがあちこちに群生している田園地帯は、焦げ茶色やとび色や灰色のロンドンの景色にうんざりしていた目にはいっそう美しく映った。ホームズと私は新鮮な朝の空気を呼吸し、鳥のさえずりと春の新鮮な息吹を楽しみながら、砂混じりの広い道を歩いて行った。[25]

一八九五年を小説の舞台とする「一人ぼっちの自転車乗りの冒険」のここに引用した一節の主語「ホームズと私」を「フープドライヴァー」に置き換えてみると、『偶然の車輪』の一節を抜き出してきたかのような錯覚にさえ陥るだろう。ここでの描写は、世紀末の都市と田舎の対比を反映したものでもあり、ホームズの推理は、当時流布していた都市と田舎の言説から成り立っている。もちろんホームズものは論理の過剰性のもとに成立していることは確かであり、それこそが凡人と天才的な私立探偵を差異化する最大の要素なのであるが、同時に凡人たる読者にホームズの推理の説得力を示さなくてはならないため、読者の理解の許容範囲を超える論理の飛躍は許されない。「一人ぼっちの自転車乗りの冒険」では、極めて論理的な思考を実践する私立探偵の推理の手がかりとして、そして世紀転換期に生きた推理小説の読者の受容体験として、その双方にとって納得のいくかたちで、都市と田舎をめぐる言説は共有されていたといえるのではないだろうか。

ロマンティックな冒険の後に

フープドライヴァーが住み込みで働く仕立屋はテムズ川南岸のパトニーにある。実際のパトニーにはロンドンに特徴的だったスラムはなかったとされており、小説中の位置づけとしても明らかに汚染された町のイメージではない。とはいえ、パトニーの北東部には汚染の中心たるロンドンが位置している。フープドライヴァーの自転車旅行は、後の『トーノ・バンゲイ』で描写されることになる病の中心としてのロンドンを回避し、サウス・コーストに沿って計画される。『偶然の車輪』は田園へのサイクリングを奨励する医学・社会評論と同じ言説空間のなかにあるが、この物語はそうした評論的な堅苦しさを一切もちあわせていない。自転車をマスターするのに頭を使わずに感覚で覚えるのと同様に、この小説では感覚的なものが重視されているからだろう。

田園地帯の自転車旅行の記憶として、フープドライヴァーに精神的な影響を与える印象的な一場面がある。ジェシーと自転車に乗りながら眺めた月の冴えた夜の記憶は、『偶然の車輪』のなかでも最も美しく神秘的な場面ではないだろうか。月明かりの下、二人は自転車を走らせて、ジェシーはフープドライヴァーを信頼に足る人物だと認める。二人の間に強い連帯感が生まれるのが月の冴えた神秘的な夜だというのには、少なくとも二つの意味があるだろう。ひとつは工場からの煤煙に包まれた曇り空ではなく、健康を与える田園地帯であるという現実的なことであり、もうひとつは美しい月夜を享受させるために語り手がエンディミオンに言及し、ロマン主義的な感性を読者に喚起させようとしていることである。「私は世のなかに飛び出したいの、一人の人間になりたいの——檻のなかに閉じ込められたままではなくて」というジェシーの願いに、フープドライヴァーは「力の限りあなたのお役に立ちたいと思っています。全力でお助けいたします」と応じる。するとジェシーは「幻想は消えてなくなってしまったけれど、一人の遍歴の騎士に出会うことができました」とフープドライヴァーを王女に仕える中世の騎士になぞらえる。[26] 膝をついた姿勢で自転車を調整するフープドライヴァーの姿（図12）はまさに中世の騎士としてのイメージを読者に連想させてくれる。

ジェシーは結局おばに連れ戻されることになり、フープドライヴァーの冒険も終わりを迎える。フープドライヴァーにとって、これは必ずしも満足のいく結果ではなかったかもしれないが、それでもへこたれないところも「傘の下で」のジョナスとの違いだろう。アントローバス商会に戻ってきたフープドライヴァーの過去・現在・未来は次のように語られる。

図12　H・G・ウェルズ『偶然の車輪』から

明日には、早起き、ホコリ取り、単調でつまらない仕事が再び始まる——しかしこれまでとは違う素晴らしい思い出とともに明日は始まる。このような相容れない思いに取って代わる、より素晴らしい願望と大志とともに明日は始まるのだ。[27]

「素晴らしい思い出」は過去に執着する、何かもの悲しい感傷的な印象を与えもするが、それを即座に払拭する「より素晴らしい願望と大志」という前向きな言葉が続いている。過去の思い出に浸るだけではなく、ここには、未来に向けての何らかの変化の萌芽が見られる。『偶然の車輪』という仮定法的な変身願望の物語は、下層中産階級の人々が日常から飛び出す自転車の移動力を利用して、ロマン主義的な想像力の解放と一時的な階級移動を描いているのだが、それは、立身出世という下層中産階級の青年の夢と希望の余韻を残して幕を閉じているといってもよいだろう。

注

［1］David Rubinstein, "Cycling in the 1890s," *Victorian Studies* 21. 1 (1977): 47-48.

［2］Ibid., 49-50.

［3］H.G. Wells, *The Wheels of Chance: A Holiday Adventure* (London: J. M. Dent, 1896), 95-96.

［4］スティーヴン・カーンは自転車のスピード感と性的、社会的、空間的解放について論じるなかで、モーリス・ルブランの『これが翼だ！』（一八九八年）というサイクリング小説を紹介している。「旅行の初日、パスカルは友人ギヨームに『自転車のスポークが回転する音ほどスピード感溢れるものはないな』と言う。路上で二組の夫婦は新しい移動のリズム、周囲の世界を突き抜ける独特の感じを覚え、このとき彼らの感覚は新しい領域に開かれる。彼らはフランスの田舎道ではなく、まるで夢のなかを進んでいるかのような新しい時間の感覚を体験する。彼らが互いにファースト・ネームで呼び合うとき、社会的制約が緩む。パスカルの妻がブラウスのボタンを外し噴水で首と肩を洗うとき、衣服や性からの解放が始まる。翌日、二人の女性はともにコルセットを外してしまう。その後、彼女たちはブラウスを脱ぎ、上半身裸のまま自転車に乗る。ついには夫婦の絆は失われ、相手を交換し、夫婦の組み合わせが変わって旅行は終わる。」Stephen Kern, *The Culture of Time and Space 1880-1918* (Cambridge: Harvard University Press, 1983), 111.〔スティーヴン・カーン『時間の文化史——時間と空間の文化：一八八〇－一九一八年』（上巻）浅野敏夫訳、法政大学出版局、一九九三年〕

［5］H.G. Wells, *The Wheels of Chance*, 3.

［6］Ibid., 200-1.

［7］Ibid., 200, 202.

［8］Ibid., 52.

［9］「傘の下で」を階級から考察した論考に新井潤美『階級にとりつかれた人びと——英国ミドル・クラスの生活と意見』（中央公論新社、二〇〇一年）がある。

［10］George Gissing, "Under an Umbrella," *Today* 6 (Jan. 1894): 1.

［11］Ibid., 1.

［12］Ibid., 2.

［13］ Wells, *The Wheels of Chance*, 186.

［14］ Ibid., 253.

［15］ トマス・カーライルが、『衣装哲学』（一八三三―三四年）や『過去と現在』（一八四三年）のなかで、労働の神聖さを主張した。この主張に影響を受けた人々の間に流通した労働に対するいくぶんロマンティックな見方が、筋骨隆々たる逞しい労働者のイメージを強化したと考えられる。絵画の世界にもその影響は見られ、実際に体を動かす労働の美化されたイメージが表現されるようになった。フォード・マドックス・ブラウンの『労働』（一八五二―六三年）はまさにその名のとおり労働を主題とし、シャベルで力強く地面を掘り返す道路工夫たちの姿が描かれている。ブラウンはカーライルの愛読者だったという。高橋裕子と高橋達史は「尊敬に値するのは二種類の人間だけだ。第一は汗水たらしながら大地を征服し、それを人間のものとする筋肉労働者……第二は日々の糧ではなく永生の糧のために働いている、霊感を受けた思想家、もしくは芸術家」という『衣装哲学』の一節をまるでこの絵の解説のようだと指摘している。ウィリアム・スコット・ベルの『一九世紀、鉄と石炭』（一八六一年）においても、鉄工所でハンマーを振るう凛々しい男たちの理想化された肉体が表現されている。これに関しては高橋裕子、高橋達史『ヴィクトリア朝万華鏡』新潮社、一九九三年、四二頁、四九頁参照。時代を下れば、世紀転換期における労働者階級出身の英雄キャプテン・ショウの存在を挙げることができるだろう。ロンドンの首都消防隊で隊長として活躍したショウは『パンチ』などの雑誌でたびたび取り上げられ、キャドバリー・ココアの広告塔としても人気を博し、ギルバート・アンド・サリヴァンのオペレッタ『アイオランシ』にも登場した。ショウに関しては富山太佳夫「ココアとジンと消防隊」『季刊へるめす』（岩波書店、一七号、一九八八年、一二三―三八頁）に詳しい。都市の労働者の身体問題全般については William Greenslade, *Degeneration, Culture and the Novel, 1880-1940* (Cambridge: Cambridge University Press, 2010) を参照。

[16] John Edward Morgan, *The Danger of Deterioration of Race from the Too Rapid Increase of Great Cities* (London: Longmans, Green, 1866), 29-30.

[17] John Milner Fothergill, *The Town Dweller* (London: H. K. Lewis, 1889), 30.

[18] Gissing, "Under an Umbrella," 2.

[19] Pamela Horn, *The Victorian and Edwardian Schoolchild* (Gloucester: Alan Sutton, 1989), 94.

[20] Fothergill, *The Town Dweller*, 82.

[21] James Cantlie, *Degeneration amongst Londoners*, (London: Field and Tuer, 1885), 54-55.

[22] Harvey Green, *Fit for America: Health, Fitness, Sports, and American Society* (New York: Pantheon, 1988), 232. 世紀転換期における女性サイクリストに対する医学的言説については野末紀之「筋肉、神経、意志――『自転車にのる女』の医学的言説――」『人文研究――大阪市立大学大学院文学研究科紀要』(第五二巻第一一分冊、二〇〇〇年、九三―一〇五頁)にも詳しい。

[23] Arthur Conan Doyle, "The Adventure of the Solitary Cyclist," *Strand Magazine: An Illustrated Monthly* 27 (Jan.-June 1904): 3-4.

[24] Ibid., 3-4.

[25] Ibid, 9-10.

[26] Wells, *The Wheels of Chance*, 164.

[27] Ibid., 312.

第五章　赤のカタストロフィー——『宇宙戦争』

試される読者

『モロー博士の島』（一八九六年）のプレンディックは、故国に生還後も島での恐怖体験から精神に異常をきたし、田舎で隠遁生活を送る。空を見上げ宇宙空間に目を向けるときのみが、プレンディックにとって緊張感から解放され心の平穏を得る時間となった。『宇宙戦争』（一八九八年）の冒頭は宇宙論から始まり、語り手の「私」による天体観測へと続く。この冒頭は、観察者のつもりだった人類が、実際には人類より遥かに優れた火星人によって観察されていたことを明かしている。ウェルズの作品群に対して俯瞰的な視点をもつ読者は、プレンディックの心の平穏が保証されたものではなかったことに気づくべきかもしれない。再度浮上した〈見る／見られる〉の問題意識は、『宇宙戦争』ではどのようなかたちで物語と関わっているのだろうか。本章では『宇宙戦争』の語り手である「私」の在り方に注目して、この点を考えていくことにする。

この小説の主な登場人物は、語り手である「私」、語り手の弟、副牧師、砲兵である。『宇宙戦争』は一人称の「私」を語り手として設定しているが、ブック一の途中で弟の物語に焦点が移り、その後再び、語り手の「私」の物語へと戻る。ただし弟の物語も「私」の視点から語られ、弟が読者に直接語るものではない。まず注目したいことは、『宇宙戦争』では出来事の伝達手段であるメディアに対する不信感が垣間見られるところである。

私はこれらの出来事について、別の記事に、日曜日の朝「ウォキングからのニュースにロンドン全域が震撼した」と書かれているのを読んだ。実のところ、そうしたたいそう大袈裟な表現を正当づけるものは何ひとつなかった。多くのロンドン市民は、月曜日の朝のパニックまで、火星人のことを耳にしていなかったからだ。それを耳にしていた人々でさえ、日曜日の新聞に大急ぎで掲載された電報が伝えていることをすっかり理解するのには時間がかかった。ロンドンの大多数の人々は、日曜日の新聞を読まないのである。[1]

ここでは新聞というメディアが伝える情報と火星人襲来の実体のずれが指摘されている。情報の乱れやデマの存在が火星人襲来のパニック感を演出するという意図によって、この箇所は書かれているのかもしれない。それに加えて、新聞が提供する情報とは違い、「私」自身によって語られる物語は正しく、より価値のある内容だということを暗に示すために、この一節は配されているという可能性もあるだろう。

そう考えるとき、私たちは「私」が語る弟の物語をどう位置づけるべきなのかという問題に行き当たる。メディア批判をおこなっているのと同じ章で、「私」は後に弟から聞いた話を取り込んで物語を進め、読者にとって語り手の「私」自身がメディア＝媒介者と化すからである。自らがメディアとなることには、情報の真否の責任を他人に押しつけて物語を誇大に強調できるという側面もあることを考慮すると、弟の物語の導入には、自らの〈物語〉の事実性を高めると同時に装飾的に語るという相反する役割があるといえるだろう。こうしたことを踏まえると、読者は、「私」が体験した事実、弟の物語、想像上の人物（気球乗り）の視点といったものを、情報が乱れ飛ぶなかでもきちんと分類整理する観察力とその意味を考える分析眼を「私」によって試されているかのようである。[2]

観察者の視点

「私」と副牧師や砲兵らとの相互交流があったとしても、物語の一人称の語りの特徴から、読者はその交流に対してどこか一方通行的な印象をもたざるをえない。読者が副牧師や砲兵に共感できないとしたら、それは語り手の「私」にとって、彼らがあまりに極端な人物として映っているからではないだろうか。副牧師は人類の窮地を目にして怯えるばかりで最後には正気を失ってしまうという聖職者失格の人物として、他方、パトニー・ヒルの砲兵は極端な合理主義者かつ楽観主義者として描かれており、彼らの両極端な性質は人間的な複雑さを欠いた薄っぺらな存在という印象を読者に与える可能性が高い。その意味では人物造形としては失敗しているともいえそうだが、彼らの役割はむしろその人間的な複雑さを欠いていることにあるのかもしれない。

作者ウェルズの関心はもっぱら進化論・退化論に関わる社会的問題にあり、『タイム・マシーン』で語られるようなイーロイやモーロックといった無個性な未来人の創作は、退化論的ディストピアの世界観を表現する最良の方法だった。『宇宙戦争』は『タイム・マシーン』で描いたディストピアをヴィクトリア朝の現在（ただし作品中の舞台は二〇世紀初頭）に設定を変更して展開した物語だといえる。火星人は人類よりも優れて科学技術が発達した侵略者でありながら、この小説においては絶滅危惧種でもある。そうした火星人を、パトリック・パリンダーが指摘しているように、人類の未来の姿のグロテスクなパロディとして認識できるとすれば、『タイム・マシーン』で描いたモーロックとイーロイの捕食－被食関係を別のやり方で再び描き直したものと考えられる[3]。さらに舞台としての地球についていえば、『タイム・マシーン』では緑なす豊かなイメージから荒涼とした一面真っ赤な世界へと変貌し、『宇宙戦争』ではイングランドの田園地帯が真っ赤な植物に覆われてしまうという点でも、両作品は似ている。

副牧師と砲兵はひょっとしたら『タイム・マシーン』の未来人の太祖《たいそ》としてイメージ化されているのかもしれない。キリスト教に対するウェルズ自身の個人的恨み辛みから、退化の兆候を示す人物にイングランド教会の副牧師という立場を与えたことは想像に難くない。下層中産階級の貧しい家庭に育ったウェルズをその階級に繋ぎ止めようとする社会的な絆《ほだ》しがイングランド教会の存在であり、彼のような出自の青年が立身出世する方法は、一八九〇年代から推し進められ始めた科学教育の波に乗って、奨学金を得て大学に進学することだった。ウェルズ自身は無神論者であるにもかかわらず、ミッドハースト・グラマー・スクールの教育実習生のポストを得るために、イングランド教会の堅信を受けたことを後悔しており、この件に関しては後に『恋愛とルイシャム氏』のなかで物語化される[4]。ウェルズの悪意あるイングランド教会批判は副牧師の描き方を見れば明らかである。語り手が行動をともにするもう一人の登場人物である砲兵は、副牧師とはある意味で対極に位置するかのような描かれ方をしている。この男が、人間がいかにして生き延びるかを「私」に説く場面を確認しておこう。

「飼いならされた者は、飼いならされた獣のようになってしまう。数世代のうちに彼らは大きくて、美しく、血液の豊かな、間抜けになるだろう――人間のクズに！　捕獲されていない者たちは野蛮になり――いわば大きな野生のドブネズミのようなものへと退化する危険がある。……いいか、私が言っているこれからの生活の場は地下なんだ。私は下水道のことをずっと考えているんだ。当然かもしれないが、下水道のことを知らない者たちは、そこを恐ろしい場所だと考えている。しかしロンドンの地下には何マイルも何マイルも――数百マイルも――下水道が通っている。もし数日雨が降り続き、その間ロンドンに誰もいなければ、下水道は快適になり、清潔になるはずだ。本管は誰にとっても十分に広くて風通しもいい。避難場所、アーチ構造の通廊、貯蔵庫から下水道までの抜け道を作ることができるかもしれない。それに鉄道のトンネルや地下鉄もある。そうじゃないか？わかり始めたか？　そして我々は一団を組織する――丈夫な体と清廉潔白な精神の者たちとで。紛れ込んでくるクズどもを仲間に入れるつもりはない。弱いやつらには再びいなくなってもらう。〔……〕丈夫な体と清廉潔白な精神の女も必要だ――母親と教師も。気取ったご婦人や――いまいましい色目を使う女はお断りだ。弱いやつらや愚か者には用はない。生活は再び現実的になる。そういったやつらは死ぬべきだ。自ら進んで死ぬべきだ。生きて民族を汚染することは、結局のところ、裏切りといえる。そういったやつらは幸福にはなれない[5]」

砲兵のこの台詞が、不適者の断種を主張するヴィクトリア朝時代の社会ダーウィン主義——とりわけ消極的優生学——の論理を借用していることは一目瞭然である。ウェルズはこれに似た主張をノンフィクション文明論『アンティシペイションズ』(一九〇一年)のなかでも、「世界国家に普及することになる新共和国の倫理体系は、人間のなかの優秀さ、効率性、美しさ——美しく強靭な身体、明晰な頭脳で逞しい精神、知識の増進——の再生産を促進し、劣等で卑屈なタイプ、臆病な心、精神と身体と習慣において卑しく、醜く、獣のようなものすべての再生産を食い止めるように形作られる」や「新共和国では、当然のことだが、治療不可能な憂鬱症や病気や無能な人々の慎み深い自殺を、犯罪ではなく気高く勇気ある行動とみなすことになる。〔……〕未来の統治者は、善良な人々を看守、処罰執行人、看護婦、病床の付添い人とすることを好まない。他人の生活を損なわずに、社会で自由にそして幸福に生きていくことができない者は、そこから出ていくのが相応しい」といったように展開してみせる[6]。あるいは別のところで「自然のやり方は、常に最後尾の逃げ遅れた者たちを滅ぼしてきた。最後尾になるだろう者たちが生まれるのを我々が予防しない限り、別のやり方は依然として存在しない。人類改良の可能性は、成功者を選別して生殖させることにあるのではなく、できそこないの者たちを断種することにある」といったことも述べている[7]。

しかしこうした発言の事実から、小説の登場人物である砲兵をウェルズ自身の分身とみなすのは少々短絡的だろう。その多作ぶりや幾多の女性遍歴から、私たちはウェルズを生まれながらの強壮な男のように思いがちであるが、伝記的事実に照らしてみると、ウェルズが身体の健康を謳歌できるようになったのは三〇代になってからのことであり、それ以前のウェルズは病弱な人生を送り、四〇を超えるまで身体的劣等感を抱いていたという[8]。ウェルズの作品を消極的優生学の文脈に位置づける材料は多々あるのだが、一方でその主張とは相容れないある種の綻びも心に留めておきたい。この点を踏まえると、インチキ強壮剤の大流行を描いた『トーノ・バンゲイ』（一九〇九年）を単なる風刺文学と位置づけることは困難である。これについては改めて第六章で考えることにする。

『宇宙戦争』に話を戻すと、砲兵の主張にはさらに続きがあり、「我々は地下深くに大きくて安全な場所を作らなくてはならないし、できる限りあらゆる本を集めなくてはならない。小説や気の抜けたビールのような詩なんかではなく、思想や科学の本だ」と述べている。[9] この主張は世紀転換期の科学教育の重要性を再確認させる代わりに、『宇宙戦争』という小説それ自体、ひいては作家としてのウェルズ自身を否定することにもなる。しかしあえて問題含みの登場人物を設定し、彼に作者の主張のある限定的な部分を代弁させせたと考えることもできる。というのも、その登場人物は読者から共感を得られないものの、だからこそ作者は無責任に好き勝手なことを彼に言わせることが可能となるからである。少なくとも、ウェルズは『モロー博士の島』においても、読者の共感を得るには難しい狂人と化したプレンディックに、当時のロンドンの社会問題を想起させる大衆の退化の幻覚を語らせていることを思い出す必要はあるだろう。

とはいえ、語り手が徐々に砲兵の能力の限界に気づき始め、結局この口八丁なだけの「楽観主義者」を見捨てていることを考えると、『宇宙戦争』におけるイングランド教会批判の刺客はどうやら砲兵ではなさそうだ。[10] 火星人の攻撃を受けて破壊されたイングランドを彷徨《さまよ》う意気消沈した語り手は、ある出来事によって精神的に救われている。「私」の支えとなったのは沼地のカエルの群れや正体不明の声である。「私は木立のなかの沼地を忙しく動き回っている小さなカエルの群れに出会った。足を止めて眺めているうちに、彼らの怯《ひる》むことのない生きようとする意志から私は教訓を得た」という箇所や「ウラ、ウラ、ウラ、ウラ」という正体不明の声に対する「恐怖と神秘の母である夜が迫ってきた。しかしあの声が響いている間は、孤独や絶望感にも耐えることができた。その声のおかげでロンドンはまだ生きているような思いがし、周囲の生命感が私の支えとなった」という言葉からいえることは、「私」にとっての救済者は神ではないということである。こうした告白は、悪意のない語り手の「私」を巧妙に利用して神を徹底的に侮辱しているものでもあり、これらの生物が滅びずに生き残った点からすると、ダーウィン主義の文脈を孕《はら》むものである。[11] 副牧師や砲兵との出会いが印象に残るため等閑視されがちだが、物語展開には一切関係のないこれらの存在が「私」を勇気づけたという告白には、副牧師と（ウェルズの思想の一部を代弁しているとはいえ）砲兵双方に対する批判が込められているのではないだろうか。

田園の創造と破壊

『宇宙戦争』では、進化と退化にまつわる言説の跋扈《ばっこ》と世紀転換期の漠然とした不安感が結びついている。漠然とした不安感を生み出した原因には、住宅環境の悪化、東欧ユダヤ人等の外国人の移民、第一次ボーア戦争での敗北が示す英国の弱体化が挙げられる。大雑把な言い方をすれば、『宇宙戦争』は、これらの不安要素とひとつの時代が終わるという世紀転換期の感覚が混じり合った結果に書かれた小説である。こうした言い方をしたときに思い出されるのは『タイム・マシーン』の存在だ。これら二作品は進化論の物語というだけでなく、廃墟となったイングランドの姿を描いたある種の風景文学という点でも共通している。イギリスは一九世紀に入りウィリアム・ターナーやジョン・コンスタブルを輩出し、ヨーロッパ随一の風景画の国となったことは周知の事実である。ここで確認しておきたいことは、コンスタブルが古き良きイングランドの田園地帯の心象風景を描いたのとは対照的に、ターナーやジョン・マーティンといった画家は自然の圧倒的な破壊力や文明の廃墟を描いたため、イギリス美術史の風景画の領域では穏やかな田園美と破壊の美学のコントラストが際立つものとなったことである。

一九世紀初頭、フランス革命の余波や工業化といった新しい波に対して危惧した保守層が、芸術作品のなかに古き良きイングランドの田園のイメージを再生産し続けたことは知られているが、世紀転換期のウェルズはその田園地帯、さらには都市ロンドンをも火星人の襲来によって破壊する。ロンドンが、ウェルズを下層中産階級の貧しい生活から抜け出させ、作家として自立させてくれた場所だったのに対し、田園地帯は、下層中産階級の辛い思い出の地であるとともに、子ども時代に親しんだ自然空間、大人になってから愛好することになるサイクリングの場でもあった。『宇宙戦争』の少し前に上梓した『偶然の車輪』(一八九六年)におけるサイクリングの解放感とイングランド田園地帯の美しい自然描写には目を見張るものがある。『タイム・マシーン』(一八九五年)、『モロー博士の島』(一八九六年)、『透明人間』(一八九七年)、『宇宙戦争』(一八九八年)といった科学ロマンスを立て続けに出版していた時期にあって、イングランドの田園地帯を自転車で周遊する『偶然の車輪』は異質な作品に映る。新し物好きなウェルズが自分の夢中になった自転車を小説の題材として選んだのは事実であるが、第四章で論じたように、『偶然の車輪』の田園地帯は単なる物語舞台以上の存在として前景化されている。『偶然の車輪』で田園美を描き切った後に『宇宙戦争』でそれを徹底的に破壊することを考えると、ウェルズ自身が、自らにとっての大切なものがなす術なく破壊され廃墟と化す描写のなかに、崇高美《サブライム》を見出したことは想像するに難くない。そこでは、緑なす田園が破壊され、真っ赤な植物に覆われるという色彩的なコントラスト、および伝統的な田園風景(ただしこれもロマン主義時代の発明だが)と火星人の最新機械の並置によるコントラストが強調されている。[12]

血管、神経回路、癌

破壊された田園地帯は火星を象徴するような真っ赤な蔓植物《つる》で一面を覆われる。他者に寄生しながら勢力拡大するこの蔓植物の様子に植民地主義のイデオロギーを見ることもできるだろう。真っ赤な色は血を想起させ、吸血行為をイメージ化してもいる。物語の終盤、当初圧倒的な生命力を誇ったこの蔓植物は火星人同様に地球のバクテリアに感染し、ついにはすべてが枯れ果ててしまう。語り手の「私」の語るところでは、火星の真っ赤な蔓植物は「潰瘍病《かいようびょう》」(a cankering disease) にかかったようである。この箇所の cankering という単語は癌を表す cancerous という言葉を思い起こさせる。[13] 癌に関していえば、ウェルズは後の社会小説『トーノ・バンゲイ』において、崩壊していくロンドンの情景をまさにそのイメージに託している。

こうしたものを私が考えるブレイズオーヴァー・イーストリーの典型と比較すればするほど、その均衡が同じではないことや成長という大きな新しい力および無目的に侵入してくる力の存在がますます明らかになってきた。ロンドン北部の終着駅は、イーストリー邸がウィンブルハーストから鉄道の駅を遠ざけたように遠くに置かれたままで、住宅地の本当に外れの辺りで止まっていたが、南からはサウスイースタン鉄道がテムズ川を越えてサマセット・ハウスとホワイトホールの間に――一九〇五年に崩落することになる――チャリング・クロス駅という巨大で忌々しい錆びた鉄の頭を突き出してきた。というのも西側には防壁となる住宅地がなかったからである。工場の煙突はぞんざいに許可など得ていない様子でウエストミンスターの真向かいに煙を吐き出していた。産業化したロンドンやテンプル・バーの東の地域全体、ロンドン港の巨大で薄汚れた広がりの包括的な印象は、計画も目的もなく不釣り合いに巨大で病的に拡大したもの、ウエスト・エンドの汚れなく疑う余地のない社会的安定に向かって迫る陰鬱で不吉なものに映った。そしてロンドンの中心地の南、東南、西南、遥か西、西北、北部の丘の辺り一帯も同様に不釣り合いに成長し、平凡な住宅と産業、むさくるしい家庭、二流の商店、かつて流行った言い回しをするならば、「存在している」とはいえないような不可解な人々が群がる果てしない街路ばかり。こうしたすべての様相は、これまで折に触れて、そして今日まで、腫瘍が大きくなる過程で組織化されず溢れ出す実態を暗示している。言い方を変えれば、それは病に侵された人体の外形を突き破って、下品だが心地良いクロイドンや悲惨で貧困に喘《あえ》ぐウエスト・ハムのような塊を噴き出す過程である。今日まで私は自問している。このような塊はそもそも構造化されるのだろうか、それが何であれ新しいものへまとまるのだろうか、そうした癌のイメージは間違いのない最終的な診断結果なのだろうかと。[14]

『トーノ・バンゲイ』は『宇宙戦争』で暗に示された癌のイメージを明示的に再利用しているといえるだろう。この引用部では、鉄道の新しい力は、それ自体が無計画に成長する癌を生み出す破壊的な力のひとつとして描かれている。一方、『宇宙戦争』では鉄道や電信装置といったものが真っ先に火星人の標的とされる。[15] それは都市ロンドンの神経網を切断することによって、身体としての都市を麻痺させることを意味するのではないだろうか。『トーノ・バンゲイ』で癌化する有機体として描かれるロンドンは、『宇宙戦争』では麻痺させられる身体として描写されている。神経が切断され自由の利かなくなったイングランドという身体に、吸血生物である火星人の持ち込んだ蔓植物が、養分を吸い取る血管のように絡みついていく。しかし血管としての真っ赤な蔓植物は地球に常在するバクテリアに感染し、癌化したかのようにぼろぼろに崩壊する。『トーノ・バンゲイ』で描かれるロンドンの破滅的な癌のイメージは、ここでは地球を救うものとなっている。

とはいえ文明が発達した火星人が人類の未来の姿を表していると考えたとき、『トーノ・バンゲイ』における癌のイメージは、すでに『宇宙戦争』において暗示的に先取りされていたともいえる。癌のイメージは組織だったものや系統だったものを破壊しつくす原始的な力をもちあわせており、『タイム・マシーン』や『モロー博士の島』といった作品では、原始的な力が別のかたちで身体や精神に強力に働きかける脅威として描かれている。『宇宙戦争』では、火星人が滅んだ後の人類の解放を象徴するかのように、真っ先に回復されるのは神経伝達網としての無線電信と鉄道であるが、それがウェルズにとって本当の意味で人類の解放を意味したとは考えられない。ウェルズは『アンティシペイションズ』のなかで、排泄物あるいは胆石としての「不道徳、無能、貧困といった大衆」の社会への広がりを鉄道網の比喩を用いて説明している。[16]ウェルズが育ったブロムリーの自然を破壊していったのは鉄道であり、鉄道の進出により、安定した世界はもはや取り返すことができない過去のものとなってしまったことを思い起こすべきだろう。その出来事については半自伝的小説『新マキャベリ』(一九一一年)のなかで物語化されており、北ブロムステッドに鉄道駅が開設され「一一歳になった後ブロムスッテッドを離れる前に、そこでのあらゆる喜びと美しさは破壊されてしまった」とあり、鉄道は破壊の象徴となっている。[17]『トーノ・バンゲイ』では鉄道自体がロンドンの身体に変調をきたさせ、内部から癌化させる要因として表象されることを考えると、『宇宙戦争』は、解放ではなく、滅亡に向かうレールの敷き直しによって物語を閉じたともいえよう。

観察の重要性

『宇宙戦争』の近年の映画化としては、ローランド・エメリッヒ監督の『インデペンデンス・デイ』(一九九六年)やスティーヴン・スピルヴァーグ監督の『宇宙戦争』(二〇〇五年)などが挙げられる。出来不出来は別にして、この二作品の共通点はウェルズの『宇宙戦争』を現代的な問題と絡めながら解釈し直した作品ということである。しかし戦闘場面については、両者は大きく異なる様相を呈する。『インデペンデンス・デイ』が派手なVFXを売りとする作品であるのに対し、スピルヴァーグ版『宇宙戦争』ではそれは比較的地味に抑えられており、戦闘場面を期待した観客にとっては残念なものだったはずだ。現代のVFXを見慣れた感性からすると、ウェルズの原作における戦闘場面はスピルヴァーグ版よりもさらにずっと地味であり、原作はそもそも戦闘にほとんど関心がないかのような印象さえ受けてしまう。加えて、語り手が何か積極的な行動を起こし、それが地球の解放に繋がるわけでもなく、この語り手はある意味ではただ人間世界の終末をじっと身を潜めて見ているのに等しい。ウェルズが戦闘場面に関心がなかったかどうかは置いておくとして、この物語でいえることは、行動よりも観察が重視されていることである。

語り手が覗き穴から火星人を監視する描写は何度も繰り返され、「覗いてみたいという誘惑は、私たち二人にとって、抵抗し難いものだった」、「見るというあの下品な特権」、「その夜、恐怖とこの覗き見がもつ猛烈な魅力に心が揺れながら食器洗い場に隠れている間」というように窃視症《せっししょう》的な誘惑がたびたび強調される。[18] 火星人が操る巨大な金属製の乗り物は「搾乳用三脚椅子」、「漁師がもっている籠をとても大きくしたような白色合金の巨大な塊」、「僧帽をかぶった小さくて可愛らしい姿」、「巨大な蜘蛛のような機械」、「竹馬に乗ったボイラー」といったようにさまざまに描写されるが、読者は小説を読み進めるうちに、結局、この機械に対し三脚に乗ったカメラのような印象をもつと思える。[19] 読者は果たしてこうしたさまざまな比喩のひとつにカメラの比喩を見つけることができる。その比喩が「熱線を放つカメラを携えて」や「カメラのような熱線の発生機を持ち上げた」といったように、頭部をカメラで表しているのではないにもかかわらず、カメラの比喩がぴったりくる気がするのは、おそらく『宇宙戦争』という作品が〈見る〉ということにどこかとりつかれている作品だからかもしれない。[20]

『宇宙戦争』では他者の存在を視覚的に捕捉することが優位に立つ条件でもある。廃屋に逃げ込んだ語り手が絶体絶命の危機を切り抜けるのは、彼がしっかりと火星人の動きを視覚的に把握していたからであり、逆に火星人が語り手を取り逃がすのは、廃屋内を探る火星人の掘削機械の触手が「目の見えない頭をあちらこちらに振り動かす黒い芋虫」のようだったからである。[21]こうした〈見る／見られる〉の関係が小説全体を統御していることは、『宇宙戦争』の冒頭を読めば理解できる。

この地球が、人間よりも優れた、そして人間同様に命に限りのある知的生命体によって熱心に詳しく観察されているとは、一九世紀の終わりには誰も思いもしなかっただろう。人間が諸々のことにあくせくしている間、我々が顕微鏡を用いて一滴の水のなかに群がり繁殖する儚い生物を注意深く観察するのとひょっとしたらほぼ同じくらい念入りに、我々人間も観察され、研究されているとは思いもしなかっただろう。[22]

『宇宙戦争』は、人類と他者の関係が、観察をめぐる〈見る／見られる〉の転倒から始まり、続いて物語は語り手の天文観測の体験談へと移っていく。『宇宙戦争』というタイトルから戦闘場面を期待した読者も、この冒頭を読み直してみると、この小説は戦闘の物語ではなく観察の物語だということがわかるはずである。『宇宙戦争』とは、積極的に行動を起こさない物語というのではなく、自然界の生存競争を観察する行為についての物語といえる。

物語には登場しない想像上の気球乗りの視点の不意の挿入は、地球を観察する火星人の俯瞰の視点を疑似的に読者に供給してみせており、観察の物語の余韻は、火星人がバクテリアにより死滅した後のロンドンを描写する語り手の「ぐるりのロンドンが、幽霊のように私を凝視していた（gazed）」という言葉によって表現されている。[23] また「エピローグ」では火星の監視の必要性が主張されるとともに、「この結果生じた人間の視野（views）の拡大は、誇張してもし足りない」と火星人の襲来が人間に与えた意味をまとめている。[24]『宇宙戦争』では、宗教でも楽観的な合理主義でもなく、徹底的な観察こそが人間を絶滅から救う可能性を提供するものとして提示されているといえる。とはいえ、未来の人類の姿として火星人が描かれているのであれば、ある種のペシミスティックな影が小説全体を覆っていることにもなる。

イングランドの風景が炎や血を連想させる真っ赤な植物に覆われる『宇宙戦争』は、美と崇高とそれを調停するピクチャレスクの伝統を進化論的カタストロフィーの文脈に引き取った作品である。その意味において、安全な場所から物語を眺める美的鑑賞者であることを自覚しつつも、その立場が保証されたものではないという不安を抱いていた当時の読者こそが、『宇宙戦争』のカタストロフィーの世界観を最大限に享受しえたのではないだろうか。

注

［1］H. G. Wells, *The War of the Worlds*, ed. Patrick Parrinder (London: Penguin, 2005), 74.

［2］Ibid., 104.

［3］Parrinder, *Shadow of the Future*, 111.

［4］David Y. Hughes and Harry M. Geduld, "Introduction," *A Critical Edition of The War of the Worlds* (Bloomington: Indiana University Press, 1993), 11-12. ウェルズの国教会批判に関して佐野晃の言葉を借りるならば「ウェルズが学んだ生物学、特に進化論を中心とする科学的な知識は、彼に知的な労働者として社会の体制の中に入り込む足掛かりを提供した一方で、皮肉なことにその国教会体制に対する根本的な懐疑を育成する強力な武器になってしまったのである。」佐野晃「教養小説の終焉と科学ロマンス」『裂けた額縁――H・G・ウェルズの小説の世界』英宝社、一九九三年、三三―三四頁。

［5］Wells, *The War of the Worlds*, 156-57.

［6］H. G. Wells, *Anticipations of the Reaction of Mechanical and Scientific Progress upon Human Life and Thought* (Mineola: Dover, 1999), 167-68, 169-70.

［7］Galton, "Its Definition, Scope, and Aims," *American Journal of Sociology*, vol.10, no.1 (Jul., 1904): 11.

［8］H. G. Wells, *The Last Books of H. G. Wells: The Happy Turning & Mind at the End of Its Tether*, (Rhinebeck: Monkfish, 2006), 4. H. G. Wells, *Experiment in Autobiography* (Boston: Little, Brown, 1962), 494.

［9］Wells, *The War of the Worlds*, 157.

［10］Ibid., 160.

［11］Ibid., 150, 167.

［12］Brian Aldis, "Introduction," *The War of the Worlds* (London: Penguin, 2005), xvii.

［13］Wells, *The War of the Worlds*, 145. Andy Sawyer, "Notes," *The War of the Worlds* (London: Penguin, 2005), 197.

［14］Wells, *Tono-Bungay*, ed. Patrick Parrinder (London: Penguin, 2005), 102.

［15］Wells, *The War of the Worlds*, 105. スティーヴン・アレータは、帝国主義の蛮行に対する良心の呵責と大英帝国の国力低下に注目し、イギリスが侵略される可能性の恐怖と不安を作品中に読み込む「反転した植民地化の物語」の議論を提示している。Stephen Arata, *Fictions of Loss in the Victorian Fin de Siècle* (Cambridge: Cambridge University Press, 2008), 108-11.

［16］Wells, *Anticipations of the Reaction of Mechanical and Scientific Progress upon Human Life and Thought*, 46.

［17］Wells, *The New Machiavelli*, ed. Simon J. James (London: Penguin, 2005), 39.

［18］Wells, *The War of the Worlds*, 131, 134.

［19］Ibid., 46, 47, 62, 77, 80.

［20］Ibid., 63, 111.

［21］Ibid., 139.

［22］Ibid., 7.

［23］Ibid., 167.

［24］Ibid., 179.

第六章　崩壊する世界とパノラマ――『トーノ・バンゲイ』

寄せ集めの無秩序な塊

ウェルズの科学ロマンスはその後のSFの基礎となる絶大な影響を与えたが、そうした科学ものの名作は一八九〇年代に執筆されたものであり、一九〇〇年代に入ってからの著作活動の中心は社会小説の領域に移った。『恋愛とルイシャム氏』(一九〇〇年)、『キップス』(一九〇五年)、『ポリー氏の経歴』(一九一〇年)といった社会小説のなかでも『トーノ・バンゲイ』(一九〇九年)は最も意義のある作品だと考えられている。[1]

『トーノ・バンゲイ』の主人公ジョージとその叔父エドワードは、「トーノ・バンゲイ」と名づけたインチキ強壮剤を大々的に売り出す。巧みな広告戦略によってトーノ・バンゲイは空前の大ヒット商品と化し、彼らは莫大な資産を手にして一躍時代の寵児となる。しかしその黄金時代も長くは続かず、とうとうエドワードは破産してしまう。エドワードは病で亡くなり、それとともにジョージもすべてを失う。一度は社会の頂点からの眺めを経験した主人公が後に自叙伝を書くことを思いつき、それを〈小説〉として執筆したものがこの『トーノ・バンゲイ』の物語だという設定である。物語中、ヴィクトリア朝からエドワード朝の政治、商業形態、恋愛・結婚事情、階級意識、テクノロジーなどさまざまな問題がジョージの一人称によって語られる。ブック一の第一章、すなわち小説の最初に、ジョージ自ら「この本が何か寄せ集めの無秩序な塊になることをあらかじめ断っておく」と読者に対してこの物語の特徴を示しているとおり、『トーノ・バンゲイ』はある種ごった煮の様相を呈している。[2] そのうえで、こうしたさまざまな断片の無秩序さをまとめ上げているのが、主筋の偽薬トーノ・バンゲイの発明と大流行の物語ということになる。小説が『トーノ・バンゲイ』と題されているというだけでなく、四つのブックのそれぞれが「トーノ・バンゲイが発明される以前の時代」、「トーノ・バンゲイの登場」、「トーノ・バンゲイの全盛期」、「トーノ・バンゲイの余波」と題されている。小説の冒頭で自身の物語が「寄せ集めの無秩序な塊」であるという宣言をしつつも、「トーノ・バンゲイ」という言葉によってなんとか「寄せ集めの無秩序な塊」を秩序立てようとする試みがなされているといえるだろう。

「トーノ・バンゲイ」という言葉は、トーンやトニックとサフォークに実在する町バンゲイに由来する組み合わせだとも考えられている。[3] 物語を秩序立てるトーノ・バンゲイという言葉自体がやはり異質なもののよくわからない組み合わせから成り立っている。ジョージは街中のトーノ・バンゲイの広告の前を通り過ぎた後も、「いつの間にかその言葉を繰り返していた。

それは遠くで放たれた大砲の音のように注意を引いた。『トーノ』――それは何なのだろうか？　続いて深く豊かでゆったりと――『バンゲイ！』」とその音の響きに心を奪われるのだが、読者もまた、少なくとも耳に残る不思議な音を「トーノ・バンゲイ」という言葉のなかに感じ取るのではないだろうか。[4]

「トーノ・バンゲイ」という言葉は「寄せ集めの無秩序な塊」をまとめ上げ物語を統御する役割を担いつつも、それ自体が、物質としても音としても「寄せ集めの無秩序な塊」といえる。そして、この「寄せ集めの無秩序な塊」は、小説の舞台となるロンドンの姿も表している。ジョージは物語の進行に合わせて、ブレイズオーヴァー、ウィンブルハースト、カムデン・タウン、レディ・グローヴ、クレスト・ヒルといった場所に言及する。このなかで、表面上は最も安定した世界に見えるのが、一八世紀に建てられた巨大な屋敷ブレイズオーヴァーである。ジョージは古い安定したヴィクトリア朝的世界としてのブレイズオーヴァーを物語中でたびたび意識し「二〇〇年前には、イングランドはすべてブレイズオーヴァーだったことをしっかりと把握しておくべきだ」と強い調子で主張している。[5]　ジョージは当初ロンドンのこともブレイズオーヴァーの組織を大きくしただけの街だと考えていたが、ロンドンがそのブレイズオーヴァーとはこれっぽっちも似ていない場として彼の前に現れる。

こうしたものを私が考えるブレイズオーヴァー・イーストリーの典型と比較すればするほど、その均衡が同じではないことや成長という大きな新しい力および無目的に侵入してくる力の存在がますます明らかになってきた。ロンドン北部の終着駅は、イーストリー邸がウィンブルハーストから鉄道の駅を遠ざけたように遠くに置かれたままで、住宅地の本当に外れの辺りで止まっていたが、南からはサウスイースタン鉄道がテムズ川を越えてサマセット・ハウスとホワイトホールの間に——一九〇五年に崩落することになる——チャリング・クロス駅という巨大で忌々しい錆びた鉄の頭を突き出してきた。というのも西側には防壁となる住宅地がなかったからである。工場の煙突はぞんざいに許可など得ていない様子でウエストミンスターの真向かいに煙を吐き出していた。産業化したロンドンやテンプル・バーの東の地域全体、ロンドン港の巨大で薄汚れた広がりの包括的な印象は、計画も目的もなく不釣り合いに巨大で病的に拡大したもの、ウエスト・エンドの汚れなく疑う余地のない社会的安定に向かって迫る陰鬱で不吉なものに映った。そしてロンドンの中心地の南、東南、西南、遥か西、西北、北部の丘の辺り一帯も同様に不釣り合いに成長し、平凡な住宅と産業、むさくるしい家庭、二流の商店、かつて流行った言い回しをするならば、「存在している」とはいえないような不可解な人々が群がる果てしない街路ばかり。こうしたすべての様相は、これまで折に触れて、そして今日まで、腫瘍が大きくなる過程で組織化されず溢れ出す実態を暗示している。言い方を変えれば、それは病に侵された人体の外形を突き破って、下品だが心地良いクロイドンや悲惨で貧困に喘《あえ》ぐウエスト・ハムのような塊を噴き出す過程である。今日まで私は自問している。このような塊はそもそも構造化されるのだろうか、それが何であれ新しいものへまとまるのだろうか、そうした癌のイメージは間違いのない最終的な診断結果なのだろうかと。[6]

この長い一節では、ロンドンという都市の腐敗は、病、とりわけ癌のイメージを用いて強調されている。これが真に脅威となるのは、都市の腐敗という状態ではなく、その制御不能な力が境界もお構いなしに広がりを見せる点にある。それは『偶然の車輪』(一八九六年)の主人公フープドライヴァーが自転車で周遊した美しき田園地帯にもその腐敗が迫りつつあることを意味している。

ウェルズはすべてを焼き尽くした『宇宙戦争』では物足りなかったのか、社会小説というジャンルでも崩壊のイメージを再び描写して見せる。しかし火星の植物の癌化のイメージや『トーノ・バンゲイ』におけるロンドンのイメージは、強大な敵による侵略というのではない。むしろ抑え込むことができない力により、内部から秩序が崩壊していくことのほうが、ウェルズにとっては脅威として映っていたかのように見える。[7]『モロー博士の島』においては、これは動物人間をもとの動物に退行させてしまう決して抗えない力として描かれている。『トーノ・バンゲイ』では、彼らの商業帝国はものと金の流れを管理できなくなったことにより瓦解《がかい》する。その結果、エドワードは病死し、ジョージは文無しとなる。ロンドンに富をもたらすための工業化がロンドンの街を内部から崩壊させるように、彼らの薬の物語は、自らの欲望を管理できなくなったその製造者を内から破滅させるのである。

時間と空間

階級間の移動を兼ねてもいるジョージによる場所の移動は、何かを追い求めての移動に加えて、何かから逃げるための移動という側面も大きい。ウェルズ自身が「『トーノ・バンゲイ』は紛れもなくいわゆる小説であるが、集中的ではなく包括的である。換言すれば、登場人物は〈場面〉の一部としてしか提示されてない。『トーノ・バンゲイ』はバルザック調の社会的なパノラマとして計画されたものだった」と述べている。[8] 社会の内側にいつつも、どこか離れたところからものを見る視線、対象から離れてパノラマ的にとらえようとする視線は、広がり、膨張し、侵食してくる癌のイメージをもつロンドンから距離を置こうとする者の語りではないだろうか。

パノラマ性は、この小説が回想という時間的な距離をとることによって実現されている。回想形式の語りは、今まさにその混乱した世界に飲み込まれようとする瞬間からの時間的な回避措置の役割を担っている。物語後半でその時間的な隔たりが縮まり、語りの俯瞰性が弱まってくると、ジョージのパノラマ的視点の確保は、実際にロンドンの街を俯瞰して眺め、そこから脱出するための飛行機製作、およびロンドン脱出に用いられる駆逐艦からの眺めに重きが置かれることによってなされる。いうなればトーノ・バンゲイの物語の俯瞰的な語りの形式が時間的な側面から弱まりを見せ始めたところで、語り手ジョージは物語内容自体にパノラマの視点を与え、空間的な側面からそれを補おうとする。[9]

破産したエドワードとジョージは、飛行船ロード・ロバーツ・ベータ号でロンドンの街を眼下に見下ろしながらフランスへ逃亡するが、すでに衰弱していたエドワードは、リュゾンの町で息を引き取る。そのとき、彼は「どこか他の世界」と二度繰り返すのだが、意識が混濁するなかで発せられたこの言葉の真の意味はわからない[10]。しかしエドワードにとってのトーノ・バンゲイの物語は、飛行のイメージと今ここではない「他の世界」に対する憧憬の余韻とともに幕を閉じる。エドワード亡き後、ジョージは駆逐艦に乗り込み、束の間、ロンドンから、そしてイングランドから脱出する。ここで再びパノラマ的な視点が強調される。ジョージはテムズ川を下る駆逐艦から、通り過ぎてゆくロンドンの街並を数頁に渡って描写するとともに、彼の思いを語る。その最中に「私はあのよく晴れた午後の日のパノラマを重視している」という一文が差し挟まれ、そのパノラマに対しての時間的な距離感を確認するかのような追加効果を生み出している[11]。

このように時間的な隔たりを意識させる語りが『トーノ・バンゲイ』の物語を組み立てているのだが、その時間的な遠近法がどのようにひとつの大きなパノラマ的な物語を構築しているのかを考えてみると、すぐにいくつかの矛盾点に出くわす。例えばジョン・ハモンドは、語り手ジョージの現在の年齢が四〇歳になったり四五歳になったりしていることを指摘している。ハモンドが挙げる別の例では、エドワードとジョージが手を組んだのは一八八三年になるところを、ジョージはそれを一八九〇年代初頭だとしている[12]。こうした時間軸上の矛盾を読者はどう考えるべきなのだろうか。ここで、いくつか考えられる可能性を挙げてみよう。

(一) 語り手ジョージの記憶違いから生じた
(二) 語り手ジョージの無頓着から生じた
(三) 語り手ジョージがあえて時間軸上の矛盾を生じさせた
(四) 作者ウェルズの勘違いから生じた
(五) 作者ウェルズの無頓着から生じた
(六) 作者ウェルズがあえて時間軸上の矛盾を生じさせた

語り手ジョージ＝作者ウェルズとみなすことはできないし、はっきりとしたことはわからないままなのだが、いずれにせよ『トーノ・バンゲイ』というひとつの大きな小説をパノラマ的に構築するための時間的な遠近法に狂いが生じているわけで、物語の整合性はいびつなかたちに崩れているのである。四つのブックからなる長編小説ともなれば、それだけこうした事態が生じる可能性が高まることは理解できるが、『トーノ・バンゲイ』ではこのような狂いを欠点として片づけてしまうよりも、そこから生じる何らかの効果を考えてみたほうが有益かもしれない。

小説なのかどうか

ジョージは第一章の開始の段落で「小説の特徴をもったもの」を書くにいたった経緯を説明し、同じ第一章の後の段落で「私は物語の主筋として自分（と叔父）の社会的軌跡をたどろうと思う。しかしこれが私の最初の小説であり、ほぼ確実に最後の小説となるだろうから〔……〕」と語る。[13] 物語の冒頭でこのように表明するジョージは、小説という文学形式に対して極めて意識的であることがわかる。ところが叔父亡き後、技師として働いてきたジョージは、小説の技法に関して「私は人並みに小説を読んでおり、今回の執筆以前にも書き綴ったものがいくつかある。そして私は（自分が理解した限りの）小説芸術の制限や規則を守ることができないことがわかった。私は書くことが好きで、ただ書くことに夢中なのだ」と述べ、『トーノ・バンゲイ』の物語がいわゆる近代小説の約束事《コンヴェンション》に従っていないことを吐露してしまう。[14] さらにその直後、「私が話さなくてはならないのは、構成が練られた物語ではなく、収拾不可能な現実なのである」というように、冒頭での小説の執筆の宣言とは相容れないことを語り始める。[15] にもかかわらずジョージはもっと後の箇所で「しかしこれは小説であって論文ではない」とか「三週間ほど前、連日連夜エンジンの取りつけと仕上げにすべての時間を割くために、この小説を放っておかなければならなかった」とかいうように、この書き物のことを小説とみなしている。[16]

これほど意識的に『トーノ・バンゲイ』が小説かどうかを問題視してみせる素振りは、トーノ・バンゲイというパッケージの中身が強壮剤なのかそれともまがい物なのか、別の言い方をすれば、広告文化における宣伝文句と中身のずれに対する問題意識とメタ的に通ずるものでもある。『トーノ・バンゲイ』は、広告文化の長足《ちょうそく》の進歩に対するある種の危惧の物語であるとともに、その瞬間瞬間に湧き上がる欲望の積み重ねとしての「無秩序な塊」に擬態したある種の小説論ともいえるだろう。小説論として読むならば、『トーノ・バンゲイ』は〈真〉なる小説とは何かという論理だった〈かたち〉をとらず、自己崩壊のかたちをとることによって、小説とは何かという問題意識に迫ろうとしていると考えられるのではないだろうか。

近代商業のロマンス

新聞や雑誌といったメディアは広告収入を財源としながら一九世紀に大いに発達した。そうした広告のなかでもビーチャムズ・ピルといった売薬やペアーズ・ソープなどは現在でも研究対象として少なからず取り上げられる。[17] 強壮剤トーノ・バンゲイは「ビーチャムズ・ピルが胆汁を除去し、肝臓を刺激する。不快な頭痛や婦人病を治す。病気を取り除き健康を増進する」という万能薬としての宣伝文句を謳ったビーチャムズ・ピルのような売薬の系譜に連なるものである。[18] 一九世紀に起こったますますの都市化により、ロンドンのスラム街は赤貧の労働者階級を山のように生み出し、下層中産階級の人々はいつ自身が労働者階級に転落するのではないかという不安を心のどこかに抱きつつ日々の生活を送っていたため、こうした万能薬が彼らの購買欲をそそらないはずはなかった。ロンドンに限らず、都市の労働者の身体の虚弱化は第二次ボーア戦争時に顕在化する。一八九九年にマンチェスターでおこなわれた新兵募集では、およそ五人中三人が身体に何らかの問題があり不合格となった。ヨーク、リーズ、シェフィールドでも同様の結果だったという。[19]『トーノ・バンゲイ』のなかで、エドワードがボーア戦争を想起させるかのような「炎天下で戦場に伏している兵士」の絵入り広告を打ったのは、こうした経緯とも深く関係していると思われる。[20]

別の場面では、煌々と照らされたソーバー栄養食やクラックネルの鉄含有ワインといった身体改良食品の広告が、夜のロンドンを歩き回るジョージを魅了している。[21] こうした広告がジョージを誘惑したように、トーノ・バンゲイの広告が通行人に商品の購入を迫る様子が描かれている。

トーノ・バンゲイの広告がアデルフィ・テラス近くの広告掲示板から呼びかけてきた。私はそれを遥か遠くのカーファックス・ストリートの近くでも見た。それはケンジントン・ハイ・ストリートでも呼びかけてきて、突然騒ぎ立て始めた。下宿に近づく間に六、七回はその広告を目にした。それは確実に夢以上の何かという雰囲気を漂わせていた。[22]

広告は視線を誘導し、欲望をかきたてる。広告イメージは、その商品を購入することにより、光り輝く未来を手にできるかのような印象を与える。逆の言い方をすれば、それを購入しないと未来はないかのように思わせる。そこでは、実際の中身ではなく、新しいということが重要な要素となる。[23]ジョージを魅了した広告は、新聞や雑誌に掲載されることにより、街路から公共の施設や家庭の空間へと侵入する。それらは、屋外にいようと私的な空間の内部にいようと、お構いなしに心の内側に入り込み、安穏な暮らしを送っていた人たちさえをも、新商品の購入に乗り遅れないことこそが美徳であるかのようにまんまと言い包めしまうのである。

新しい自分への変身

ボーア戦争によって白日のもとに晒《さら》された国民の身体虚弱化の問題と呼応するかのように、世紀転換期から二〇世紀初頭の間、身体修養ブームが起こる。なかでもボディ・ビルダーの先駆けともいえるユージン・サンドウの知名度と影響力は特筆すべきものである。サンドウは一八九七年に身体修養協会を設立し、ジムで多くの生徒に体操やボディ・ビルディングに関する教育を施していく。彼は『サンドウ式フィジカル・トレーニング』、『体力、その獲得法』、『ボディ・ビルディング』、『体力と健康』、『ライフ・イズ・ムーブメント』といった著作を上梓するとともに、家庭用トレーニング器具や滋養強壮のためのチョコレート・ココア飲料を製品化するなど有能なビジネスマンとしての能力も発揮しながら、労働者の貧弱な身体を改善するためのフィットネス・ムーブメントを展開した。雑誌『サンドウズ・マガジン・オブ・フィジカル・カルチャー』は絶頂期にはどんな田舎の図書館にも少なくとも一、二冊は配架されていたという。[24] サンドウの本、雑誌、運動器具などの普及は、当時の身体改善への関心を裏書きする事実といえるだろう。こうしたサンドウ人気にあやかろうとする者が出てきても不思議ではな

図13　ヨハン・ホフの麦芽消化剤の広告

い。「ヨハン・ホフの麦芽消化剤」の広告に描かれたサンドウは片手で馬を持ち上げて、広告を見る消費者に対して圧倒的な力を見せつけ、「我が力の秘密は完全な消化にある」（図13）と購買者に呼びかけている[25]。トーノ・バンゲイのラベルにも「稲妻に囲まれた強壮な男」がデザインされていて、これは明らかにサンドウを意識しているものである[26]。

優生学という遺伝決定論の思想からこぼれ落ちた人々に救いの手を差し伸べたのが、身体修養運動だったとひとまず位置づけることができるかもしれないが、一九〇五年にアダム・アンド・チャールズ・ブラック社から刊行された『科学的視点から見る国民生活』の第二版を手にすると、驚きを禁じえない[27]。というのは、この本の著者は不適者の断種を唱える消極的優生学

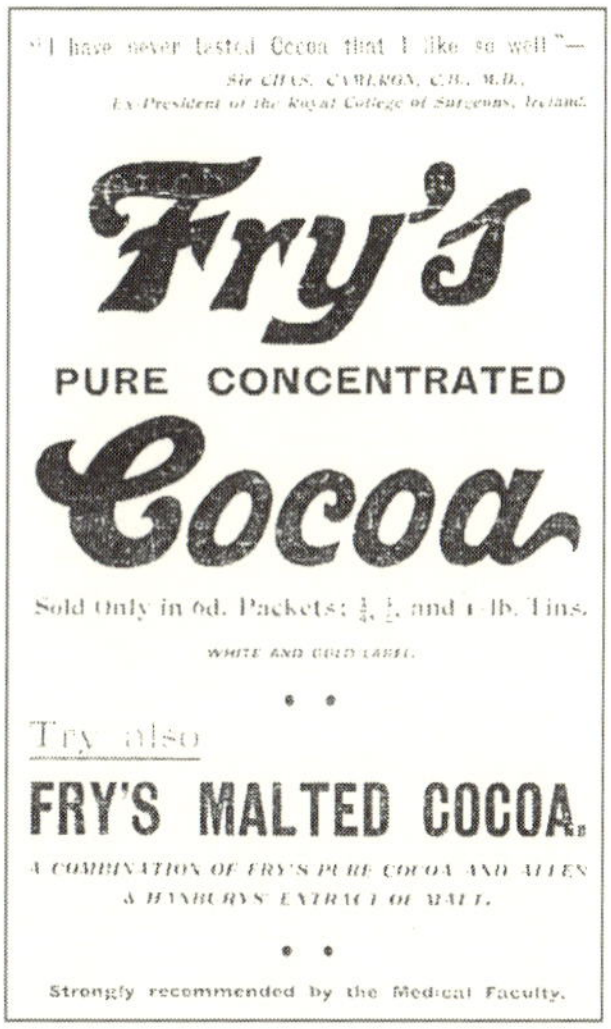

図15　フライのココアの広告

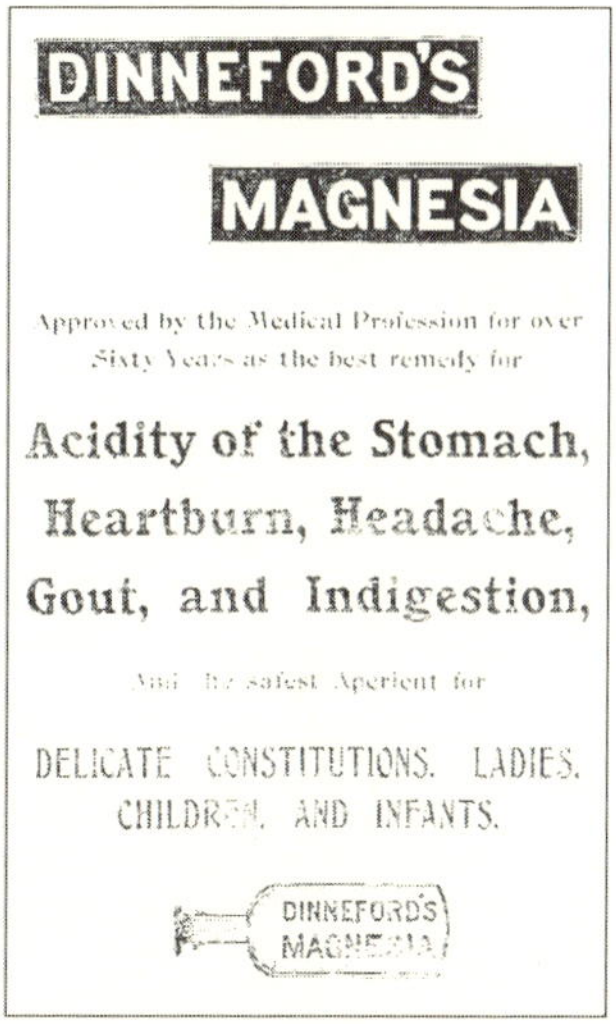

図14　ディニフォードのマグネシアの広告

の大家カール・ピアソンその人であり、遺伝決定論を支持する科学者が書いた本が、身体修養的な商品を宣伝した二つの広告（図14・15）を掲載するかたちで世に出ているからである。ピアソンの書物においてさえ言説の錯綜する磁場が見られるということは、イギリスの社会全体におけるこうした言説の流通の現場は、矛盾と混乱に満ちたものだったことが推測される。商品文化において、優生学は身体修養運動の力を借りつつ社会に流通した一方、身体修養の広告は、論理矛盾を抱えながらも、優生学的な不安を解消する役割を引き受けていた。この奇妙な相互依存の関係を支えているのは、不安の惹起とその解消という実際上の問題だけだろうか。多くの場合、この共存の事実を次のように考えることもできるだろう。広告メディアは商品としての新しさを喧伝《けんでん》するだけでなく、〈古い自分〉から〈新しい自分〉へと買い手自身の変身を期待させる。この夢を売る装置のレトリックの前では、身体修養と社会ダーウィン主義の論理的な矛盾は等閑視されたまま〈新しい〉と〈古い〉がそれぞれ〈進化〉と〈退化〉という漠然としたイメージに置き換えられる。その結果、社会ダーウィン主義の理論は、〈最新〉の身体を所有するための購買という行為を、意図せず後押しすることになったのではないだろうか。

われ買う、ゆえにわれあり

ジョージを魅了した広告は新聞や雑誌に掲載されることにより、私的な空間にさえ侵入し、魔法の呪文で人々を広告文化の盲目的な、あるいは病的な崇拝者に変える。

彼らは驚きと情熱をもってショッピングし始め、買ったもの、宝石、執事、御者、電気自動車、借り入れたロンドンと田舎の屋敷といったものに囲まれた華々しい新生活に手順どおりに適応していく。彼らはひとつの職に就くかのように新生活に飛び込む。ひとつの階級として、彼らは所有物について語り、考え、夢見る。彼らの文学や新聞雑誌はすべてそれに依拠したものなのである。夥《おびただ》しい数の最高に豪華な雰囲気の絵入り週刊誌が、彼らを住宅建築、ガーデニングの技術、贅沢な自動車遊び、精巧なスポーツ用品、地所の購入と管理、旅行や超豪華ホテルの案内に導くのである。彼らはいったん動き始めると、もう止まらない。ものを手に入れることが彼らの生活の本質となってしまう。〔28〕

ここでジョージが語っているのは、欲望を喚起し、次から次へと新商品を買い続けるように仕向ける広告文化と、そこにどっぷりと浸かってしまった人々の様子である。しかしこの小説で消費文化社会の買い物中毒として焦点化されるのは、トーノ・バンゲイを買い求める人々以上に叔父エドワードのほうだろう。レディ・グローヴの屋敷の購入からクレスト・ヒルの地所の購入と宮殿のような豪邸の建設まで、エドワードの衝動はもはや抑えることができない。「彼は金を浪費し『買い物』を始めるようになった。買い物を始めたとたん、その買い方は尋常ではなくなった」というジョージの見解も踏まえると、この小説で最も恐ろしいのは、広告界の申し子ともなったエドワード自身があらゆるものを手に入れたいという物欲の虜と化してしまい、エドワードがその欲望から逃れる術は、もはや彼自身の死以外にはないかのような印象を受けてしまうところだろう[29]。果たして小説『トーノ・バンゲイ』は物語の終盤にエドワードの死を準備することになる。

夜明け、あるいは長い黄昏

エドワードの商業帝国は表面上の壮麗さとは異なり、詐欺、株価の釣り上げ、不正会計（文書偽造）、悪徳な人物の出入りといった不誠実を寄せ集めた無秩序な塊と化し、破産の危機に直面する。それを打開するために、新事業として計画されたのが、「ケイパーン完全フィラメント」という新型フィラメントの開発と電球の専売権の確保だった。新型フィラメントに必要な物質「カナディウム」が含まれている「クワップ」と呼ばれる泥土を強奪するために、ジョージは帆船に乗り込み、西アフリカ沿岸のモーデット島へ向かう。それは「人間が統治している世界から、手なずけていない自然界への遠征」であり、ジョージは途中で原住民の集落を幾つか目にした後、目的地にたどり着く[30]。

……とうとう、私たちはとても開けたところ、泥と白く色褪せた廃物と枯れ木ばかりの荒地に囲まれた広い湖に出たが、そこにはクロコダイルも水鳥もおらず、生き物の気配すらしなかった。ずっと遠方に、まさにネイスミスが説明したとおり、放置された駐在所が見え、そのすぐ近くに、大きな岩の下に淡褐色の汚らしい塊の小山が二つ見えた。クワップだった！　森はすでに遠のいていた。傾斜した右岸は不毛の地であり、その脊梁《せきりょう》のひとつの切れ目から、遥か遠くに、打ち寄せる波と海が見えた。[31]

ヨーロッパ人とは異なるアフリカの原住民との遭遇、それから人間の姿が消え、生物の姿も見えなくなり、廃墟が彼らを待ち受ける。この旅は『タイム・マシーン』における文明の消滅した世界への旅に通ずるものがある。そして何よりも彼らが追い求めているクワップは、あらゆる物質を腐らせ、崩壊させる放射性物質とされている。クワップを表すのに最適な言葉は「癌のような」（*cancerous*）という表現しか存在しないと連想するジョージは「全世界が最終的には蝕まれ、乾燥腐敗し、消散してしまうというグロテスクな想像に取りつかれる。」[32]ウォルター・アレンやノーマン・ニコルソンといった批評家がクワップの挿話を重視していない一方で、デイヴィッド・ロッジのように、この挿話における言葉遣いと作品全体の構造の相互関係を評価し、それが無秩序に拡大し崩壊していくロンドンの姿の病理学的比喩と呼応していることを指摘する批評家もいる。[33] ロッジが述べているように、この二つには明らかにイメージの連関がある。さらには「こうした近代商業の投資的文明の全体は、実のところ、夢を作り上げているのと同じ物質からなっている」と考えているエドワードの夢の実現に必要なものが、あらゆる物質の崩壊を招くクワップであるというのは、企業買収を繰り返して巨大化し「寄せ集めの無秩序な塊」となったエドワードの商業帝国の崩壊を暗示してもいる。[34]

エドワードの死の理由については、はっきりとは書かれていないものの、不正会計をはじめとするあらゆる悪事が世間に露呈し、文無しの晒し者となり、逮捕の危機を迎えたことによる心身の衰弱が原因と考えてよいだろう。しかしクワップの挿話が崩壊の象徴性や暗示といった点に重きを置いているとすれば、それは物語展開の水準というよりも、むしろイメージの連関の暗示や想起という水準においてエドワードの病と死に関わっているように思える。原始的世界から奪い取ったクワップが大西洋上で帆船を腐らせ、沈没させてしまい、その結果、クワップが文明世界のイギリスに持ち込まれることはなかったにせよ、『トーノ・バンゲイ』を覆っている侵食する病の比喩やイメージに注目するとき、読者にはこのような診断の余地も残されているのではないだろうか。

エドワードの死後、ジョージが駆逐艦に乗り込みロンドンのパノラマ風景を展望することについてはすでに触れたが、最後にもう一度、この航海を検討しておこう。ロッジはジョージが提示する眺めを、「ウェルズは、テムズ川をイングランドを横切る歴史的断面として見ており、そこではイングランドの過去が、両岸の風景や建築物のうちに化石化されている。〔……〕北岸は古い見せかけを弱々しく維持しており、南岸は近代的な蛮行をさらけ出して憚《はばか》らない」と分析している。[35] テムズ川を下り、沖へ出たとき、ジョージの精神世界では周囲の景色と呼応するかたちで、その過去が消え、その現在が未来のなかへと飲み込まれていく。

そして今や、私たちの背後には、青い神秘と気づかないような光の実体なき明滅があるのだが、間もなく、それらさえ消えてなくなり、私と駆逐艦は広々とした灰色の空間を横切り、広大な未知の世界へ乗り出していく。私たちが未来という広大な空間へ突き進むと、タービンは聞き慣れない言葉で話し始める。大洋へ、風の吹きすさぶ自由へ、路なき路へ、私たちは進んでいく。ひとつ、またひとつ、光は沈んでいく。イングランドと王国、ブリテン島と帝国、かつての誇り、かつての強い思いは、真横へ、そして後方へと流れていき、水平線の下に沈んで消えていく——消えていく。テムズ川が消えていき——ロンドンが消

えていき、イングランドが消えていく……[36]

この描写には『タイム・マシーン』における時間旅行と通底する情調が感じられる。ジョージはトラベラーの未来への旅と同様にイングランドにすぐに帰還し、この航海を「私は自分自身を外側から眺めるようになり、自国を外側から眺めるようになった――幻影を抱くことなく。私たちは進み、過ぎ去っていくのである」と結論している。[37]ごった煮のロンドンの中心にいながらも、イギリスと自身を「外側から」観察的に見つめる視点を得て、物語は終わる。

原始的な力と崩壊の象徴としてのクワップの挿話に対し、確かにこの最後の挿話「夜と大洋」は、水平線の先の未来に科学的な希望の夜明けを期待させる。その一方で、ジョージの未来へ向けての航海が破壊《デストロイ》を象徴する駆逐艦《デストロイヤー》によってなされたことを踏まえると、その夜明けは長い黄昏であるようにも思える。私たちはここに、ウェルズが繰り返し描いた救済の光と逃れることのできない闇が共存する物語の変奏を見ることができるだろう。

注

［1］『トーノ・バンゲイ』の単行本は最初にニューヨークのダフィールド社から出版された。本扉には一九〇九年と印字されているが、その版を米国議会図書館の著作権局が一九〇八年の一〇月終わりにはすでに入手していることがわかっている。英国版単行本は、一九〇九年にマクミラン社から出版された。Patrick Parrinder, "Note on the Text," *Tono-Bungay* (London: Penguin, 2005), xxxi.

［2］H. G. Wells, *Tono-Bungay*, ed. Patrick Parrinder (London: Penguin, 2005), 11.『トーノ・バンゲイ』のなかの混乱ぶりは綿密に設計されたものであると論じた先行文献には Lodge, *Language of Fiction: Essays in Criticism and Verbal Analysis of the English Novel*〔ロッジ『フィクションの言語――イギリス小説の言語分析批評』〕がある。

［3］Edward Mendelson, "Introduction," *Tono-Bungay* (London: Penguin, 2005), xiv. なお、Bungay という町は実際にはバンゲイあるいはバンギーとも発音されている。

［4］Wells, *Tono-Bungay*, 127.

［5］Ibid., 20.

［6］Ibid., 102.

［7］都市ロンドンの破壊についていえば、世紀転換期には、衰亡するヴィクトリア朝の社会を描くのではなく、他国から侵略され、蹂躙《じゅうりん》されるイギリスの姿を描く一群の小説が跋扈《ばっこ》した。サミュエル・ハインズによれば、こうした侵略小説の流れは、普仏戦争でフランスに勝利したドイツがイギリスに侵攻するジョージ・チェスニーの『ドーキングの戦い』（一八七一年）に始まり、それを源流としてサキの『ウィリアムが来た』（一九一四年）へといたる。ただし、ハインズは『ウィリアムが来た』は正確には侵略

小説（an invasion novel）ではなく、占領小説（an occupation novel）だとしている（Hynes 50）。『宇宙戦争』（一八九八年）をこうした侵略小説の亜種として位置づけるには物語が壮大過ぎるようである。ハインズの分析では、ウェルズの『空の戦争』（一九〇八年）は社会主義的視点から描かれており、帝国主義的文脈でもなく、侵略小説が好んで使用した普仏戦争やナポレオン戦争時の戦術ではなく空襲を描いており、世界大戦という視点も一般的な侵略小説とは大きく異なるものだという（Hynes 43-44）。ウェルズは、大英帝国を世界国家の先駆けか無価値なもののどちらかでなくてはならないと考えていた（Wells, *Experiment in Autobiography* 652）。侵略小説の体系化はI・F・クラークの『戦争を予言する声』（一九六六年）に始まる。詳しくはI. F. Clarke, *Voices Prophesying War: Future War 1763-3749*. 2nd ed. (Oxford: Oxford University Press, 1992); Samuel Hynes, *The Edwardian Turn of Mind*. (London: Pimlico, 1991), 34-53. なお、*The War of the Worlds* とは、地球人の世界と火星人の世界の争いを意味しているため、その和訳としては一般に普及している『宇宙戦争』よりも『世界戦争』、『世界同士の戦争』、『別の世界との戦い』のほうが原題に近い。

［8］Wells, *Experiment in Autobiography*, 423.

［9］俯瞰的視点とウェルズが得意とする類型的表象の関係についての興味深い指摘に関しては、高橋和久「ウェルズの小説に見られる特性をめぐって」『裂けた額縁——H・G・ウェルズの小説世界』英宝社、一九九三年、七〇－七二頁参照。

［10］Wells, *Tono-Bungay*, 365.

［11］Ibid., 384.

［12］J. R. Hammond, "The Time Scale of *Tono-Bungay*: A Problem in Literary Detection," *The Wellsian: The Journal of H. G. Wells Society* (Summer 14, 1991): 35. Wells, *Tono-Bungay*, 74, 166, 154.

［13］Wells, *Tono-Bungay*, 9-11.

［14］Ibid., 12.

［15］Ibid., 13.

［16］Ibid., 204, 382.

［17］ヴィクトリア朝時代の広告文化の研究については Thomas Richards, *The Commodity Culture of Victorian England: Advertising and Spectacle, 1851-1914*（Stanford: Stanford University Press, 1990）参照。

［18］*Los Angeles Herald*（July 20, 1893）.

［19］Pamela Horn, *The Victorian and Edwardian Schoolchild*（Gloucester: Alan Sutton, 1989）, 84.

［20］Wells, *Tono-Bungay*, 152.

［21］Ibid., 138.

［22］Ibid., 139.

［23］『トーノ・バンゲイ』における新しさこそ価値という消費文化的妄想については Simon J. James, *Maps of Utopia: H. G. Wells, Modernity, and the End of Culture*, 113.

［24］David L. Chapman, *Sandow the Magnificent: Eugene Sandow and the Beginnings of Bodybuilding*（Urbana: University of Illinois Press, 1994）, 109. サンドウに関しては Michael Anton Budd, *The Sculpture Machine: Physical Culture and Body Politics in the Age of Empire*（New York: New York University Press, 1997）も参照。

［25］Chapman, *Sandow the Magnificent*, no pagination given.

［26］Wells, *Tono-Bungay*, 129.

［27］Karl Pearson, *National Life from the Standpoint of Science,* 2nd ed.（London: Adam and Charles Black, 1905）.

［28］Wells, *Tono-Bungay*, 245-46.

［29］Ibid., 246.

［30］Ibid., 325.

［31］Ibid., 325-26.

〔32〕Ibid., 329.

〔33〕Walter Allen, *The English Novel: A Short Critical History* (Harmondsworth: Penguin, 1962), 317.〔ウォルター・アレン『イギリスの小説――批評と展望』（下巻）和知誠之助監修、和知誠之助、辻前秀雄、大榎茂行、藤本隆康訳、南雲堂、一九八四年〕; Norman Nicholson, *H. G. Wells* (London: Arthur Barker, 1950), 65. Lodge, *Language of Fiction*, 249-53.

〔34〕Wells, *Tono-Bungay*, 221.

〔35〕Lodge, *Language of Fiction*, 254.

〔36〕Wells, *Tono-Bungay*, 387.

〔37〕Ibid., 389.

あとがき

英文学研究者が「ご専門は?」と尋ねられると、自分が研究している作家名を挙げることが多い。「シェイクスピアをやっています」や「ディケンズです」といった感じである。シェイクスピアやディケンズならば、聞いたほうはそれだけである種の安心感を覚えるかもしれない。しかし「H・G・ウェルズです」と答えると「それは、どういった人ですか?」となる。そこで「SFの父とされている作家です」と付け加えるが、「『一九八四年』を書いた人ですか?」と返されることもたびたびある。全体主義国家が統治する近未来社会を描いた『一九八四年』はジョージ・オーウェル作。ウェルズは科学ロマンスで名を馳せ、一躍時代の寵児となったが、日本ではもはやその名は忘れられた感もある。本書はそうした作家についての研究書である。

話を戻そう。そこで、「『タイム・マシーン』を書いた人です」と続けると、相手の表情に変化が現れる。作品を読んでいなくとも「タイム・マシーン」という言葉を耳にしたことのない者はいない。『透明人間』や『宇宙戦争』も書いています」とさらに言い添えると、「あぁ、なるほど」と相手の顔は明るくなり、「時代はいつごろですか?」と話が進み始める。

一八六六年にイングランド南部のケント州に生まれたウェルズは、一八九〇年代に科学ロマンスの名作を残した。ウェルズの関心は、一九〇〇年頃からは科学ロマンスから社会小説へ、一九一〇年代以降はおもに世界情勢へと移っていった。本国イギリスや英語圏以外の国でウェルズの名が忘れ去られることになったとしても、一八九〇年代に上梓された『タイム・マシーン』をはじめとする作品の名はずっと残るだろう。

ウェルズの作品には、人間の未来、映像的関心、テロリズム、田舎への眼差し、グローバルな戦争、フィットネス・ムーヴメント、広告、ショッピング、放射線などが描かれているが、どれもが今日的なテーマである。本書では、一〇〇年前にこうしたことがどのような社会的磁場を形成し、どのように表象されたのかを考えた。この考察は、ある意味において、文学作品との対話であり、現代と過去という他者同士の対話でもある。そして対話であるという前提に立てば、それは一方通行のものではない。私たちが文学作品を解釈し言語化するとき、その行為は、私たち自身と現代社会の姿をも映し出しているように思える。過去の文学作品について考えることは、どこかで自らを振り返ることに繋がっているはずである。

数年前にニッカウヰスキー創業者竹鶴政孝をモデルにした朝の連続ドラマ『マッサン』が話

題を呼んだ。そのドラマのなかで主人公以上にひと際目を引いたのが、堤真一が演じる鴨居の大将こと鴨居欣次郎（サントリー創業者の鳥井信治郎がモデル）だった。鴨居の口癖は「やってみなはれ」で、できるかどうか悩むよりも、実践してみることを重視していた。この「やってみなはれ」を私は個人的にどこかで聞いた覚えがあったのだが、それがいつどこでのことだったかを思い出すことができないでいた。しかし、このあとがきを執筆しているうちに、記憶がよみがえった。それは実際には「やってみなはれ」ではなくて「やってみんさい」だった。広島大学の大学院生だった当時、指導教官だった植木研介先生に論文のことを相談に行くと、うんうんと話を聞いてくださり、「やってみんさい」と後押ししてくれた。「やってみんさい」のおかげで、本書の青写真となる博士論文『ウェルズと世紀転換期の身体政治学』を書き上げることができた。

修士課程に入学した最初の年の植木先生の演習は、ディケンズの『ドンビー父子』の訳読だったことを覚えている。授業はいつの間にか教育論、大学業界、政治経済、新刊本といった話の脱線に次ぐ脱線によって遅々として進まず、小説中では早死にするはずのリトル・ポールが、私たちの演習では非常に長生きした。多少こじつけかもしれないが、今思えば、文学とはこうしたあらゆることを排除せずに内に取り込みつつ、私たちの社会にあるものだといえる気がしてならない。

時間をさらに遡ろう。成城大学の学部時代には、学内でも厳しいことで有名だった谷内田浩正先生のゼミで学んだ。文学作品と歴史のテクスト性が強調され、いくつかの作品を膨大な資料とともに解釈し直していくその授業スタイルは衝撃的なものだった。卒論指導を受けた研究室の机は本の山で覆い尽くされており、それにも圧倒された。正面に座ったゼミの仲間の顔は、いつも本の山脈の向こうに消えた。タイプは異なるが、二人の恩師に共通していたのは、広い教養と面白そうなことに対するアンテナの抜群の感度だったと思う。

恩師の指導に加え、この本の刊行に至るまでには多くの方々にお世話になった。東京大学の阿部公彦さんには、原稿をお読み頂いたうえ、春風社を紹介して頂いた。春風社の岡田幸一さんは、原稿が持ち込まれた段階から出版の最後の段階までずっと粘り強く伴走してくださった。お二方がいなければ、この本は実現しなかった。神戸市外国語大学のヘンリー・アトモアさん、後輩の佐藤由美さんには論文作成の段階でお世話になった。同僚で広大の同期修了の後藤拓也さんには図版の取り込みの際に助けて頂いた。同じく同僚で広大の先輩でもある藤吉清次郎さんには初校と再校の段階で貴重なご意見を賜った。索引の作成では、教え子の北代朋子さんと兵頭美来さんに助けられた。ここでは書ききることができないが、多くの方々が応援してくださった。

皆さんの善意に支えられて、この本を出版することができました。感謝の念に堪えません。

著者

二〇一七年　燕の季節に

参考文献一覧

Aldis, Brian. "Introduction," *The War of the Worlds*. By H. G. Wells. (London: Penguin, 2005) xiii-xxix.

Allen, Walter. *The English Novel: A Short Critical History* (Harmondsworth: Penguin, 1962)〔ウォルター・アレン『イギリスの小説――批評と展望』(下巻) 和知誠之助監修、和知誠之助、辻前秀雄、大榎茂行、藤本隆康訳、南雲堂、一九八四年〕

Arata, Stephen. *Fictions of Loss in the Victorian Fin de Siècle* (Cambridge: Cambridge University Press, 2008)

Baldick, Chris. *In Frankenstein's Shadow: Myth, Monstrosity, and Nineteenth-century Writing* (London: Clarendon, 2001)〔クリス・ボルディック『フランケンシュタインの影の下に』谷内田浩正、西本あづさ、山本秀行訳、青土社、一九九六年〕

Barber, Lynn. *The Heyday of Natural History* (London: Jonathan Cape, 1980)〔リン・バーバー『博物学の黄金時代』高山宏訳、国書刊行会、一九九五年〕

Bergonzi, Bernard. *The Early H. G. Wells: A Study of the Scientific Romances* (Toronto: University of Toronto Press, 1961)

Bignell, Jonathan. "Another Time, Another Space: Modernity, Subjectivity, and *The Time Machine*," *The Wellsian: The Journal of H. G. Wells Society* 22 (1999): 34-47.

Bowler, Peter J. *Charles Darwin: The Man and His Influence* (Cambridge: Cambridge University Press, 2000)〔ピーター・J・ボウラー『チャールズ・ダーウィン――生涯・学説・その影響』横山輝雄訳、朝日新聞社、一九九七年〕

Budd, Michael Anton. *The Sculpture Machine: Physical Culture and Body Politics in the Age of Empire* (New York: New York University Press, 1997)

Cantlie, James. *Degeneration amongst Londoners* (London: Field and Tuer, 1885)

Carey, John. *The Intellectuals and the Masses: Pride and Prejudice among the Literary Intelligentsia, 1880-1939* (London: Faber and Faber, 1992)〔ジョン・ケアリ『知識人と大衆――文人インテリゲンチャにおける高慢と偏見一八八〇－一九三九年』東郷秀光訳、大月書店、二〇〇〇年〕

Carroll, Lewis. *Alice's Adventures in Wonderland and Through the Looking-Glass and What Alice Found There*, ed. Hugh Haughton (London: Penguin, 1998)

Chapman, David L. *Sandow the Magnificent: Eugene Sandow and the Beginnings of Bodybuilding* (Urbana: University of Illinois Press, 1994)

Chesterton, G. K. *The Man Who Was Thursday* (London: Penguin, 2007)

Clarke, I. F. *Voices Prophesying War: Future War 1763-3749*. 2nd ed. (Oxford: Oxford University Press, 1992)

Conrad, Joseph. *The Secret Agent*, ed. John Lyon (Oxford: Oxford University Press, 2004)

Coren, Michael. *The Invisible Man: The Life and Liberties of H. G. Wells* (London: Bloomsbury, 1994)

Crary, Jonathan. "Géricault, The Panorama, and Sites of Reality in the Early Nineteenth Century," *Grey Room* 9 (Autumn, 2002): 5-25.

Doyle, Arthur Conan. "The Adventure of the Solitary Cyclist," *The Strand Magazine: An Illustrated Monthly* 27 (Jan.-June 1904): 3-14.

———. *The Lost World and Other Thrilling Tales*, ed. Philip Gooden (London: Penguin, 2001)

Dryden, Linda. *The Modern Gothic and Literary Doubles: Stevenson, Wilde and Wells* (Hampshire: Palgrave Macmillan, 2003)

"Dynamite and Dynamiters," *The Strand Magazine: An Illustrated Monthly* 7 (Jan.-June 1894): 119-32.

The Encyclopædia Britanica. 11th ed. 1911.

Foot, Michael. *The History of Mr. Wells* (Washington, D. C.: Counterpoint, 1995)

Fothergill, John Milner. *The Town Dweller* (London: H. K. Lewis, 1889)

Friedberg, Anne. *Window Shopping: Cinema and the Postmodern* (Berkley: University of California Press, 1993)〔アン・フリードバーグ『ウィンドウ・ショッピング——映画とポストモダン』井原慶一郎、宗洋、小林朋子訳、松柏社、二〇〇六年〕

Galton, Francis. "Its Definition, Scope, and Aims," *American Journal of Sociology*, vol.10, no.1 (Jul., 1904)

Galton, Francis and F. A. Mahomed, "An Inquiry in the Physiognomy of Phthisis," *Guy's Hospital Reports* 25 (Feb. 1882): 475-93.

Gissing, George. "Under an Umbrella," *Today* 6 (Jan. 1894): 1-3.

Green, Harvey. *Fit for America: Health, Fitness, Sports, and American Society* (New York: Pantheon, 1988)

Greenslade, William. *Degeneration, Culture and the Novel, 1880-1940* (Cambridge: Cambridge University Press, 2010)

Hammond, John. *A Preface to H. G. Wells* (Harlow: Pearson Education, 2001)

Hammond, J. R. "The Time Scale of *Tono-Bungay*: A Problem in Literary Detection," *The Wellsian: The Journal of H. G. Wells Society* (Summer 14, 1991): 34-36.

Horn, Pamela. *The Victorian and Edwardian Schoolchild* (Gloucester: Alan Sutton, 1989)

Howell, Clark F. and the Editors of Time-Life Books, *Early Man* (New York: Time-Life Books, 1972)〔クラーク・ハウエル『原始人』〈改訂版〉寺田和夫訳、タイムライフブックス編集部、一九七六年〕

Hughes, David Y. and Harry M. Geduld. "Introduction," *A Critical Edition of The War of the Worlds* (Bloomington: Indiana University Press, 1993) 1-40.

Huntington, John. *The Logic of Fantasy: H. G. Wells and Science Fiction* (New York: Columbia University Press, 1982)

Huxley, Thomas Henry. *Evidence as to Man's Place in Nature* (London: William and Norgate, 1863)

Hynes, Samuel. *The Edwardian Turn of Mind* (London: Pimlico, 1991)

James, Simon J. *Maps of Utopia: H.G. Wells, Modernity, and the End of Culture*（Oxford: Oxford University Press, 2012）

Kern, Stephen. *The Culture of Time and Space 1880-1918*（Cambridge: Harvard University Press, 1983）〔スティーヴン・カーン『時間の文化史――時間と空間の文化：一八八〇－一九一八年』（上巻）浅野敏夫訳、法政大学出版局、一九九三年。スティーヴン・カーン『空間の文化史――時間と空間の文化：一八八〇－一九一八年』（下巻）浅野敏夫・久郷丈夫訳、法政大学出版局、一九九三年〕

Kettle, Arnold. *An Introduction to the English Novel*, vol. 2（London: Hutchinson, 1978〔アーノルド・ケトル『イギリス小説序説』小池滋、山本和平、伊藤欣二、井出弘之訳、研究社、一九七八年〕

Kevles, Daniel J. *In the Name of Eugenics: Genetics and the Uses of Human Heredity*（Cambridge: Harvard University Press, 1995）〔ダニエル・J・ケヴルズ『優生学の名のもとに――「人類改良」の悪夢の百年』西俣総平訳、朝日新聞社、一九九三年〕

Lodge, David. *Language of Fiction: Essays in Criticism and Verbal Analysis of the English Novel*（London: Routledge, 2002）〔デイヴィッド・ロッジ『フィクションの言語――イギリス小説の言語分析批評』笹江修、西谷拓哉、野谷啓二、米本弘一訳、松柏社、一九九九年〕

――. *A Man of Parts: A Novel*（New York: Penguin, 2011）〔デイヴィッド・ロッジ『絶倫の人――小説H・G・ウェルズ』高儀進訳、白水社、二〇一三年〕

――. *The Novelist at the Crossroads and Other Essays on Fiction and Criticism*（Ithaca: Cornell University Press, 1971）

Los Angeles Herald（July 20, 1893）

MacKenzie, Norman & Jeanne. *The Time Traveller: The Life of H. G. Wells*（London: Hogarth, 1987）〔ノーマン&ジーン・マッケンジー『時の旅人――H・G・ウェルズの生涯』村松仙太郎訳、早川書房、一九七八年〕

Mendelson, Edward. "Introduction," *Tono-Bungay*. By H. G. Wells.（London: Penguin, 2005）, xiii-xxviii.

Morgan, John Edward. *The Danger of Deterioration of Race from the Too Rapid Increase of Great Cities*（London: Longmans,

Green, 1866)
Muybridge, Eadweard. The Human Figure in Motion: *An Electro-photographic Investigation of Consecutive Phases of Muscular Actions*, 3rd impression (London: Chapman & Hall, 1907)
Nicholson, Norman. *H. G. Wells* (London: Arthur Barker, 1950)
Parrinder, Patrick. "Note on the Text," *The Island of Doctor Moreau.* By H. G. Wells. (London: Penguin, 2005), xxx-xxxiv.
———. "Note on the Text," *Tono-Bungay.* By H. G. Wells. (London: Penguin, 2005), xxxi-xxxiii.
———. *H. G. Wells* (Edinburgh: Oliver and Boyd, 1970)
———. *Shadow of the Future: H. G. Wells, Science Fiction, and Prophecy* (Syracuse, Syracuse University Press, 1995)
Pearson, Karl. *National Life from the Standpoint of Science*, 2nd ed. (London: Adam and Charles Black, 1905)
Pick, Daniel. *Faces of Degeneration: A European Disorder, c.1848-c.1918* (Cambridge: Cambridge University Press, 1996)
Priest, Christoper. "Foreword," *H. G. Wells: Another Kind of Life.* By Michael Sherborne. (London: Peter Owen, 2012)
Ramsaye, Terry. "Robert Paul and The Time Machine," *The Definitive Time Machine*, ed. Harry M. Geduld (Bloomington: Indiana University Press, 1987)
Richards, Thomas. *The Commodity Culture of Victorian England: Advertising and Spectacle, 1851-1914* (Stanford: Stanford University Press, 1990)
Ross, Cathy and John Clark. *London: The Illustrated History* (London: Penguin, 2011)〔キャシー・ロス、ジョン・クラーク『ロンドン歴史図鑑』大間知知子訳、原書房、二〇一五年〕
Rubinstein, David. "Cycling in the 1890s," *Victorian Studies* 21. 1 (1977): 47-71.
Sadoul, Georges. *Histoire Générale du Cinéma 1: L'invention du Cinéma 1832-1897* (Paris: Denoël, 1948)〔ジョルジュ・サドゥール『世界映画全史1』村山匡一郎・出口丈人訳、国書刊行会、一九九二年〕
Sawyer, Andy. "Notes," *The Invisible Man.* By H. G. Wells. (London: Penguin, 2005)

———. "Notes," *The War of the Worlds.* By H. G. Wells.（London: Penguin, 2005）
Schivelbusch, Wolfgang. *Geschichte der Eisenbahnreise: zur Industrialisierung von Raum und Ziet im 19. Jahrhundert*（Frankfurt am Main: Fischer Taschenbuch, 1977）〔ヴォルフガング・シヴェルブシュ『鉄道旅行の歴史――19世紀における空間と時間の工業化』加藤二郎訳、法政大学出版局、一九八二年〕
Sherborne, Michael. *H. G. Wells: Another Kind of Life*（London: Peter Owen, 2012）
Stevenson, Robert Louis. *The Strange Case of Dr Jekyll and Mr Hyde and Other Stories*, ed. Jenni Calder（London: Penguin, 1979）
Stoker, Bram. *Dracula*, ed. Maurice Hindle（London: Penguin, 2003）
Townshend, Charles. *Political Violence in Ireland: Government and Resistance since 1848*（Oxford: Clarendon, 1983）
Warner, Maria. "Introduction," *The Time Machine.* By H. G. Wells.（London: Penguin, 2005）xiii-xxviii.
Wells, H. G. *Anticipations of the Reaction of Mechanical and Scientific Progress upon Human Life and Thought*（Mineola: Dover, 1999）
———. *Experiment in Autobiography*（Boston: Little, Brown, 1962）
———. *Famous Seven Novels by H. G. Wells*（New York: Garden City, n.d.）
———. *The Invisible Man*, ed. Patrick Parrinder（London: Penguin, 2005）
———. *The Island of Doctor Moreau*, ed. Patrick Parrinder（London: Penguin, 2005）
———. *The Last Books of H. G. Wells: The Happy Turning & Mind at the End of Its Tether*,（Rhinebeck: Monkfish, 2006）
———. *Love and Mr Lewisham*, ed. Simon J. James（London: Penguin, 2005）
———. *A Modern Utopia*, ed. Gregory Claeys and Patrick Parrinder（London: Penguin, 2006）
———. "The New Accelerator." *The Complete Short Stories of H.G. Wells*, ed. John Hammond（London: Phoenix, 1999）
———. *The New Machiavelli*, ed. Simon J. James（London: Penguin, 2005）

——. *The Time Machine*, ed. Patrick Parrinder (London: Penguin, 2005)
——. *Tono-Bungay*, ed. Patrick Parrinder (London: Penguin, 2005)
——. *The War of the Worlds*, ed. Patrick Parrinder (London: Penguin, 2005)
——. *The Wheels of Chance: A Holiday Adventure* (London: J. M. Dent, 1896)
West, Anthony. "H. G. Wells," *Encounter: Literature, Arts, Politics* 8 (1957): 52-59.
White, Arnold. *The Problems of a Great City* (London: Remington, 1886)
Wilde, Oscar. "Lord Arthur Savile's Crime," *Complete Works of Oscar Wilde*, ed. J. B. Foreman (New York: Harper Perennial, 1989)
Williams, Rosalind. *Notes on the Underground: An Essay on Technology, Society, and the Imagination* (Cambridge: The MIT Press, 1990)〔ロザリンド・ウィリアムズ『地下世界——イメージの変容・表象・寓意』市場泰男訳、平凡社、一九九二年〕
Woolf, Virginia. "Modern Fiction," *The Common Reader* First Series (London: Hogarth, 1968), 185.〔ヴァージニア・ウルフ「現代小説」『世界批評体系5——小説の冒険』大沢実訳、篠田一士、川村二郎、菅野昭正、清水徹、丸谷才一編集、筑摩書房、一九七四年〕
阿部公彦『スローモーション考——残像に秘められた文化』南雲堂、二〇〇八年
新井潤美『階級にとりつかれた人びと——英国ミドル・クラスの生活と意見』中央公論新社、二〇〇一年
佐野晃「教養小説の終焉と科学ロマンス」『裂けた額縁——H・G・ウェルズの小説の世界』英宝社、一九九三年、三〇－五九頁
高橋和久「ウェルズの小説に見られる特性をめぐって」『裂けた額縁——H・G・ウェルズの小説世界』英宝社、一九九三年、六〇－九八頁
高橋裕子、高橋達史『ヴィクトリア朝万華鏡』新潮社、一九九三年

高山宏『近代文化史入門——超英文学講義』講談社、二〇〇七年
富山太佳夫「顔が崩れる」『現代思想』青土社、一九九一年七月号三六－四九頁、八月号二一七－三一頁、九月号一八三－九五頁
——「ココアとジンと消防隊」『季刊へるめす』岩波書店、一七号、一九八八年、一二三－三八頁
——『ダーウィンの世紀末』青土社、一九九五年
野末紀之「筋肉、神経、意志——『自転車にのる女』の医学的言説——」『人文研究——大阪市立大学大学院文学研究科紀要』第五二巻第一一分冊、二〇〇〇年、九三－一〇五頁
橋本槙矩「H・G・ウェルズのバーベリアンとサバービア」『裂けた額縁——H・G・ウェルズの小説の世界』英宝社、一九九三年、三－二九頁
三好みゆき「イングランドにおける『ケルト』像——雑誌記事を中心に——」『ケルト復興』中央大学人文科学研究所編、中央大学出版部、二〇〇一年、一三七－七〇頁
谷内田浩正「この顔を見よ——顔のカタログ化と退化のリプレゼンテイション」『現代思想』青土社、一九九一年七月号、六〇－八〇頁
——「猿のようなケルトの肖像——一九世紀アイルランドをめぐる図像と言説」『ユリイカ』青土社、一九九一年三月号、一七六－九三頁
山本卓「無害な脅威——『ダイナマイター』におけるテロリズムと虚構」『金沢大学人間社会学域学校教育学類紀要』第一号、二〇〇九年、一一－二〇頁

映画

『インデペンデンス・デイ』(*Independence Day*) ローランド・エメリッヒ監督、一九九六年公開、DVD、二〇世紀フォックスホームエンターテイメントジャパン

『インビジブル』（*Hollow Man*）ポール・バーホーベン監督、二〇〇〇年公開、ＤＶＤ、ソニー・ピクチャーズエンタテインメント
『宇宙戦争』（*War of the Worlds*）スティーヴン・スピルバーグ監督、二〇〇五年公開、ＤＶＤ、パラマウントホームエンタテインメントジャパン
『千と千尋の神隠し』宮崎駿監督、二〇〇一年公開、ＤＶＤ、ウォルト・ディズニー・スタジオ・ジャパン
『透明人間』（*The Invisible Man*）ジェイムズ・ホエール監督、一九三三年公開、ＤＶＤジェネオン・ユニバーサル

※参考文献一覧には本書で言及した文献のみ掲載した。ウェルズをはじめとする小説の翻訳書に関しては、参考にさせて頂いたが、多数あるため、ここでは割愛した。

事項索引

【た】

【ま】

【や】

【ら】

人名索引

【著者】
宗 洋（そう・ひろし）
一九七四年生まれ。現在、高知大学准教授。専攻は英文学、映像メディア。
共著書に *H. G. Wells's Fin-de-Siècle: Twenty-first Century Reflections on the Early H. G. Wells.* Ed. John S. Partington（Peter Lang, 2007）がある。共訳書にアン・フリードバーグ『ウィンドウ・ショッピング――映画とポストモダン』（松柏社、二〇〇八年）、アン・フリードバーグ『ヴァーチャル・ウィンドウ――アルベルティからマイクロソフトまで』（産業図書、二〇一二年）がある。

世《せ》紀《いき》末《まつ》の長《なが》い黄昏《たそがれ》――H・G・ウェルズ試論《しろん》

二〇一七年七月一八日 初版発行

著者 宗 洋 そう・ひろし

発行者 三浦衛
発行所 春風社 *Shumpusha Publishing Co.,Ltd.*
横浜市西区紅葉ヶ丘五三 横浜市教育会館三階
〈電話〉〇四五・二六一・三一六八 〈FAX〉〇四五・二六一・三一六九
〈振替〉〇〇二〇〇・一・三七五二四
http://www.shumpu.com ✉ info@shumpu.com

装丁 間村俊一
装画 George Frederic Watts, *Hope*
印刷・製本 シナノ書籍印刷株式会社
乱丁・落丁本は送料小社負担でお取り替えいたします。

ISBN 978-4-86110-550-0 C0098 ¥2700E